오늘 하루,
어떠셨나요?

오늘 하루, 어떠셨나요?

광명 지음

무심정사 광명 스님의
소박한 이야기

운주사

머리말

저 홀로 피는 산나리 꽃을 보았습니다.

어느 날 홀로 피었다가
모든 이들을 기쁘게 만들어주고
아무도 보아주지 않아도
묵묵히 홀로 지는
네가 바로 진정한 수행자였구나.

산나리 꽃을 보고 제가 일으킨 생각입니다. 소요산역에서 도보로 30여 분 거리에 있는 마차산을 아시나요?

잘 알려진 동두천 소요산이나 칠봉산에 비하면 마차산은 정말 보잘 것 없는 산입니다. 둥글둥글 개성 없는 것이 정말 저를 쏘옥 빼닮은 듯합니다. 투박하고 특별히 내세우거나 보여줄 것도, 가져갈 것도 없는 산이니까요. 소요산을 지척에 두고 서로 마주보면서도 마차산에는 사람들이 잘 오지 않습니다. 가끔 낯선 산을 오르내리는 입산객이나 약초를 캐는 분들이 들려서 쉬고 가는 게 고작입니다.

마차산은 건너편 소요산에 비하면 수더분하고 둥글둥글하여 제 살아가는 삶의 모습과 비슷합니다. 사실대로 말하면 제 몸피와도 똑 닮았습니다.

무심정사 미소방 유리창으로 수더분한 마차산을 보면 제 살아가는 모양새를 닮은 듯하여 참 좋습니다. 봄이 오면 동네 분들에게 봄나물을 내어주고, 약초 캐는 분들에게 약초를 내어주는 마차산이 돌아가신 제 어머니처럼 느껴집니다.

쌀 한 알에 일곱 근 무게라고 해서 공짜 밥 먹기를 두려워하라고 옛 어른들이 말씀하셨는데, 게으른 저는 제대로 수행하지도 않으면서, 그래도 동두천에서 부처님 덕분에 밥도 먹고 옷도 입을 수 있고 잠도 잘 수 있으니 얼마나 큰 은혜이고 가피인지 모릅니다.

제가 부처님을 모시고 사는 무심정사 아래 동네는, 나이든 어르신들이 올망졸망 다닥다닥 사시며 약간의 텃밭도 있는 도시형 시골 마을입니다. 출가자의 몸으로 처음에는 서로 낯설어 하였지만 지금은 동네 경조사에 참석할 정도로 가까워졌습니다. 때로는 타종교 의식으로 장례를 해도 동네 어르신들의 초청으로 저는 참석하여 염불을 합니다.

소요동에서 동네 분들이 올라와서 약수도 뜨고 산야초도 채취하는 마차산을, 저는 모양이 마차馬車와 닮아 마차산인가 했습니다. 그런데 토템이즘의 마차산이었습니다. 기복신앙의 발로이기도 하고, 간혹 무당들이 기도하러 오기도 하는 산이었던 모양입니다. 으악~ 하며 '악'자가 들어가 있는 감악산 줄기로 이어져 있습니다.

가끔씩 119긴급구조대 구급차가 절 마당으로 올라와 마차산 꼭대기에서 자살한 이름 모를 시신을 수습하거나 조난당한 등산객을 구조합니다. 인근 6321부대 다련장포대의 젊은 군인들이 훈련하면서 헉헉대며 오르내리는 산이기도 합니다.

오늘은 산나리 꽃이 참으로 예쁘게 피어서 스마트폰으로 찰칵 사진을 눌렀습니다.

산나리 꽃의 도도한 매력에 제가 오늘 아침 산책하다가 그만 넘어가 버렸습니다. 하하하.^-^

어느날 홀로 피었다가 모든이들을
기쁘게 만들어주고
아무도 봐주지 않아도
묵묵히 홀로 지는 내가 바로
진정한 수행자였구나
- 무심정사 광명스님-

소나무 숲을 거닐다가 바라보는 마차산은 어머니 품처럼 따뜻해 보여 저는 산나리 꽃이 되었습니다. 꽃이 되어 그 품에 와락 안겼습니다.

솔향기 그윽한 마차산 우리절 무심정사에서

광명 합장

생명이 움트는 봄

봄비에 씻어버리세요!

수행을 하다보면 끊임없이 올라오는 온갖 번뇌와 망상 때문에 '나는 수행에 소질이 없는가 보다' 하고 미리부터 포기하는 경우가 많습니다.

그러나 이처럼 끊임없이 올라오는 번뇌와 망상들은 아무런 잘못이 없습니다. 그것 때문에 수행을 포기하는 내 나약한 정진력을 탓할 것도 없습니다.

어리석은 수행자는 번뇌와 싸워 이기려 애쓰지만, 지혜로운 수행자는 번뇌와의 모든 전쟁을 그만두고, 일체의 번뇌들을 그저 내버려두고 지켜볼 뿐입니다. 번뇌 망상을 없애겠다는 마음이야말로 얼마나 큰 욕망이며 투쟁입니까? 그것이야말로 탐·진·치 삼독을 그대로 보여주는 것입니다.

싸우지 마세요. 멈추어 지켜보면, 번뇌와 망상은 정체가 탄로나 사라집니다.

봄비가 옵니다.

부레옥잠화

무심정사 수돗가 도랑에서 방긋 웃고 있는 옥잠화 보살님들.

해가 뜰 때는 활짝 수다쟁이가 되었다가 해가 지면 수줍은 각시처럼 금방 하심下心하여 조용해집니다.

우리도 옥잠화 보살님들처럼 터질 듯이 항상 웃으면서 살아가야겠다고 스스로에게 주문을 겁니다.

삶이란, …… 그렇습니다. 이렇게 환하게 웃는 날이 올 거라고 믿고 기다릴 줄 아는 것입니다.

음! 음! 장하다 오공순!

初하루가 언제냐며 오실 때마다 꼬치꼬치 캐묻는 오공순 여사님은 교통사고로 허리를 다쳐서 몸이 불편한, 동네 어귀에 홀로 사시는 노보살님이다.

몸을 잘 추스르지 못하면서도 합장하고 절할 때는 아주 정중하게 한참을 부동자세로 움직이지도 않는 오공순 여사님!

미소방에 버젓이 앉아 '배고프니 밥을 달라'고 하신다. 마침 절에 봉사하러 오신 한 보살님이 급하게 나물 몇 가지로 공양을 챙겨드린다.

"이거 말고는 없나?"

"이가 아파서 이런 거 안 먹는다."고, 할 말 다 하시는 왕 까칠 보살님이다.

가실 때는 떡 좀 싸달라고, 합장주도 조금 더 달라고, 이웃집도 가져다준다며 한 보따리 싸신다. 몸도 잘 못가누건만 보따리는 한가득 챙기고 득의만만해 하시니, 억지를 부리는 성격 때문에 모두들 싫어하는 분이다.

그러면서도 절에서 차량운행을 하면 항상 1등으로 픽업해

달라고 하신다.

법당에서도 의자를 가져다드려야 복대를 차고 힘들게 앉으시는 팔순의 오공순 여사님, 부처님께 올리신 공양물이 하도 신통방통해서 소개합니다.

앗, 시심마是甚麼, 이 뭐꼬! 짝짝이 운동화⋯⋯ 부처님은 신통력으로 신으실 수 있을 거라고 올리신 건가.^-^. 장하다 오공순 여사~.

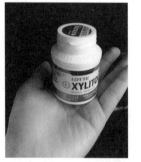

부처님 귀찮으시니 칫솔질하지 말고 이 껌 씹으시라고⋯. 엄청 장하다 오공순!

부처님 밥 정성을 다해서. 옛날 밥그릇에 생쌀을 담아서. ㅎㅎ

이건 또 웬 동전? 동전 뒷면을 꼼꼼히 살펴보니 발행연도가 다 81년, 82년, 음~ 뜻이 무얼까?

누구 주지도 못하는 딱딱한 호박캐러멜 한 봉지도 큰마음으로 올리시고! 장하다, 오공순!

공양 올린 500원짜리 초에 악착같이 자신의 이름 오. 공. 순. 또박또박 쓰셨다. 옆 초에는 임. 성. 뭐라 쓰셨는데, 자제분이신가?

허걱~ 마지막 공양물을 보고 결국 뒤로 나자빠졌음! 성냥까지 준비한 자존심 강한 오공순 여사님. 흠, 장하다 오공순!

근데 이 성냥, 집안의 가보 아닌지 몰러~ 오래된 38년도 성냥 아닌가요? ^-^

고물상 무심정사?

불상 조각을 하는 분에게 듣고 감동받은 말이 있다.

"바위나 나무에 부처님을 새기는 것이 아니라, 항시 그 자리에 계시는 부처님을 드러나게 하는 일"이 자기 일이라고.

모든 사물에 불법이, 그리고 부처님이 계시는데, 우리는 중생의 분별로 잘생긴 부처님과 못생긴 부처님을 가리고, 영험하다느니 영험이 없다느니 가린다. 하지만 부처님은 자신의 형상을 보기보다는 불법을 알기 원하셨고, 경전에 보면 자신의 말씀도 그냥 믿지 말고 금을 제련하듯이 잘 살펴서 받아들이기를 바라셨다.

부처님은 마지막 말씀인 열반유훈涅槃遺訓으로 "스스로 자신을 등불로 삼아 지켜보고, 법의 진리와 계율을 등불 삼아 지켜보라. 모든 것은 변하나니 게으르지 말고 부지런히 정진하여 고통의 굴레에서 벗어나라"고 하셨다. 가장 경계해야 하는 것은 눈먼 자들의 맹목적인 믿음이라고 하셨다.

따라서 불상에 대한 믿음은 귀하지만 지나치거나 편협해서는 안 된다. 그런 면에서 무심정사 우리 절은 조금은 자유롭다.

무심정사, 대문 없는 우리 절.

굽잇길을 돌아오면 제일 먼저 우리 중생을 반기는 분이 석조 관세음보살님이시다. 지금은 서서 무심정사에 오시는 불자님 한 분 한 분을 축복해 주시지만, 처음 우리 절에 오셔서는 한참을 누워 계셔야 했다.

어느 절에서 새로 조성한 관세음보살님을 운반하다가 어마어마한 무게 때문에 크레인 작업 중 오른쪽 손가락이 부러졌단다. 손가락 장애인 관세음보살님은 결국 누구에게도 사랑받지 못햇다. 그렇게 관세음보살님은 버려졌다. 그 소식을 듣고, 그까짓 손가락 하나 부러졌기로서니, 중생의 고통을 떠안는 천수천안관세음보살님이신데, 1,000개의 손에서 손가락 하나

를 잃으셨다고 능력 있는 손이 999개나 되는데 무슨 문제가
되나 싶어 모셔왔다.

무심정사 마당에 모시면 지극정성 수행하는 인연중생들을
교화해 주시지 않겠는가 싶어서 모셔왔지만 몇 년 동안 마당
한쪽에 하염없이 누워만 계셨던 관세음보살님!

그런데 손가락이 부러진 보살님을 그냥 세우기 죄송하여 석
공전문가와 상의하였더니, 손가락 하나만을 새로 만들 수는
없다며 손목 전체를 새로 만들어서 끼우는 대수술을 해야 한
단다. 결국 정성껏 손목을 만들어 관세음보살님 팔에 구멍을
파서 감쪽같이 연결하였다.

그 지난한 과정을 지나 관세음보살님은 절 마당 바위 위에

세워졌다.

보살님을 세울 때도 문제가 있었다. 기단으로 쓸 바위가 아무리 단단해도 10톤에 달하는 보살님의 무게를 감당할 수 없다고 하였다. 그래서 바위 주변에 콘크리트를 타설하여 지금의 기단을 만들었다.

무심정사의 재정상 한 번에 콘크리트 믹서트럭을 불러 하지 못하고, 일미 법사님이 아는 분들이 공사현장에서 남은 콘크리트를 여러 번 보시해 주셔서 거푸집을 채울 수 있었다. 지금 돌이켜보면 여러 사람의 이런저런 마음이 모여 기단을 만든 것 또한 모든 중생에게 복을 주시는 관세음보살님이 중생들이 공덕을 증장시키려고 그러하신 듯하다.

이런 고생을 겪으시며 가난한 무심정사에 오신 후, 항상 자비로이 웃으시며 대문 없는 우리 절에 오시는 분들을 환하게 반겨주시는 관세음보살님은 '고물상' 무심정사, 우리 절 골동품 1호이다.

고물상 무심정사 골동품 2호는 바로 법당에 모신 석가모니 부처님이시다.

양주 회암사 근처 군법당에서 새로이 더 큰 부처님을 모셔서 개원식을 하는데, 그동안 군인들과 군승들이 열심히 기도하였던 작은 부처님을 어찌할까 고민하던 중 마침 우리 절과 인연이 닿아 이운하고, 우리 절에서 새로 조성한 부처님은 다른 군법당에 시주하였다.

'오늘도 좋은날이다!' 이러시며 늘 빙그레 웃어주시는 우리 부처님.

절하고 기도하는 우리들에게 최선을 다하라고 항상 무정설법을 해주시는, 형상은 작지만 결코 작지 않으신 환희로운 석가모니 부처님.

법당 후불탱화의 인연도 지중하다. 지장탱화는 경상도 칠곡에서 수행하면서 탱화를 업으로 하시는 분이 정성껏 그린 탱화를 무주상보시로 시주하신 것이다.

한편 부처님 왼쪽의 신중탱화는 창녕에 있는 일월정사가 사
정상 갑자기 이운하면서 태우기가 죄스럽다며 우리 절과 연을
맺은 것이다. 아직도 일월정사가 개원할 때 시주하여 탱화를
조성하게 해주신 분들의 이름과 생년월일이 기록되어 있어,
그분들의 정성이 우리 절 무심정사에서도 빛을 발하고 있다.

이렇듯 버려질 뻔한 상황에서 무심정사로 인연 찾아오신 골
동품 부처님들이, 우리 절에 오는 모든 분들을 축복하고 위로
해 주고 계신다.

아! 그러고 보니 우리 절이 '고물상' 무심정사가 되어 버렸다.

새것 헌것이 중요한 것이 아니다. 내 것 네 것이 중요한 것

이 아니라 하늘같은 시주의 은혜와 원력이 지중하고, 새것들도 결국 시간이 흐르면 무상하여 덧없는 것이라는 점을 깨닫게 해주시는 거룩하신 골동품 부처님들이 정겹고 고맙다.

고정된 형상으로 이 세상을 보고 판단하지 말라며 미혹한 우리들을 깨우치고 가르쳐주시는 무심정사 골동품 부처님들이시다.

봄 찾으러 나갔다가

마차산 진입로를 걸어보니, 겨우내 얼어붙어 딱딱했던 땅이
보드랍고 촉촉하게 느껴집니다. 겨우내 화분에 있던 화초에
눈길이 가고, 하늘을 올려다보니 하늘도 맑고 높아지고, 바람
도 부드러워짐이 단박에 느껴집니다.

언제 올까나? 언제 올까? 하고 기다리던 봄, 얼었던 대동강
물도 녹인다는 우수가 다가오니 정말로 봄이 오나 봅니다. 겨
우내 웅숭그리던 나뭇가지도 우둘투둘 뭔가 톡톡 불거질 것
같아 보이고, 뭔지 모르지만 무슨 일이든지 잘될 것 같은 설레
는 기대도 생깁니다.

봄은 해마다 새봄입니다.

기도하는 우리들 마음도 늘 스스로 자정自靜하는 늘 새 마음
이기를 바래봅니다.

우리들은 잘난 척하고 강한 척합니다. 어리석은 아상이 있
고, 세상살이에 경쟁하며 살아오면서 모두들 그렇게 훈습이
되어서 그러합니다.

『장자莊子』에 보면, 큰 나무보다 오히려 작고 볼품없는 나무가 베임이 적으므로 오래간다는 글이 있습니다.

벼는 익을수록 고개를 숙인다고 하지 않습니까? 1등인 사람이 1등이라고 고개를 꼿꼿이 하고 잘난 척하면 사람들은 그를 멀리하고 흠집을 찾습니다. 하지만 1등이면서도 하심하고 겸손하며, 누가 트집을 잡아 자신을 비난해도 '아! 나 잘되라고 단점을 지적하는구나.'라고 감사하게 생각한다면, 어떤 경계를 당하거나 어떤 억울한 일에 부딪쳐도 거뜬히 헤쳐나갈 수 있습니다.

나를 힐난하는 자까지 조복시키는 사람이야말로 안팎으로 진정한 1등이며, 그럴 때 누구나 존경하고 따르게 되어 있습니다.

『금강경』에서 아상, 인상, 중생상, 수자상 중에 첫 번째로 나오는 상이 아상我相입니다. 가장 깨부수기 힘든 전도망상이기에 맨 앞에 있지 않을까요?

내가 꼴찌라고 인정하는 사람은 절대로 꼴찌가 될 수가 없습니다. 외부 환경이나 조건은 고정된 실체가 없는 제행무상으로 쉼 없이 변화합니다. 그 속에서 내가 최고라고 하는 것은 우물 안 개구리일 뿐입니다.

늘 자신을 연마하고 자신을 북돋아주며 자신을 사랑할 수 있어야 정진하는 기도의 힘도 생기고 날마다 좋은 날이 될 수 있습니다.

 불단을 장식할 봄을 찾으러 꽃집에 갔더니, 에고! 꽃집에 봄은 없고, 터덜터덜 절로 들어오는 길, 진입로 나무에 새순을 보고 봄을 알아차렸습니다.
 고운 우리 님들, 차 한 잔 드시면서 오늘도 날마다 새날이기를 희망합니다.

오직 내 마음만 보라

〰️

불자님들 중에는 1년에 한 번 불전에 약간의 연등 기도비를 올리는 것으로 할 일을 다한 양 으쓱 어깨에 힘주고, 심지어 그 공덕으로 모든 일이 이루어지길 바라는 분들이 있습니다.

심지어 부처님 당시나 지금이나 입으로 성불하고 입으로 불사하는 분들도 있습니다. '로또 복권에 당첨되면 나도 큰 시주를 하겠노라'는 식으로 호언장담하는 구업을 짓고 사는 어리석은 무명의 중생들도 주변에 많이 있습니다. 칭찬과 화합은 커녕 이간질과 분란을 일으키기도 합니다.

언젠가 인연이 닿아 전라도에서 오셨던 한 거사님의 말이 떠오릅니다.

"아니, 우리 부처님이 거지인 줄 아시나 봐. 그 많은 부귀영화를 헌신짝처럼 버리신 분이신데 말이지요. 스님! 하하하."

계속되는 불경기로 가정도, 사회도, 절집도 어려운 현실에서, 아무것도 내세울 것 없는 우리 무심정사를 찾아주시는 불자님들이 항상 고마울 뿐입니다. 그래서 저는 기쁜 마음으로 올려주시는 이 귀한 삼보정재를 "어디에 어떻게 써야 바르게 사용하는 걸까요? 하고 부처님께 여쭈어 봅니다.

스님늘이 항상 조심스레 대하는 불자들이 있습니다. 큰 불사에 보시를 하며 자랑하는 불자님들이 아니라, 늘 자신의 여건에서 묵묵히 부처님 가르침을 즐겁게 이야기하고 기쁜 마음으로 행하며 정진의 길로 나아가는 긍정적인 사람들입니다. 그분들의 눈빛 하나, 행동 하나에, 사실 수행자를 자처하는 저는 기가 죽고 자꾸만 스스로를 뒤돌아보게 됩니다. 원력 있고 바른 불자님들의 쓴소리는 부처님 가르침대로 살아야 하는 수행자들에게 약이 됩니다.

건축불사, 사찰불사도 좋지만 부처님이 평생을 하신 불사는 바로 중생을 깨달음으로 이끄는 인재불사였습니다. 나와 연이 닿아 있는 사람들, 그리고 앞으로 다가올 선연들에게 진리의 가르침을 즐겁게 이야기하고 행하며 살아야 합니다. 부처님은 말없이 평생을 그렇게 묵묵히 맨발로 행만 하고 다니셨습니다.
나누고 비우면서 행복해지는 방법을 가르쳐주신 분이 바로 부처님입니다.

규모가 있고 시설이 좋은 사찰은, 그 불사를 이룬 스님들과 불자님들의 원력은 칭찬받아 마땅하지만, 그게 꼭 좋은 것만은 아닙니다.

『명심보감』에 보면 "포난사음욕 기한발도심(飽暖思淫慾 飢寒發道心), 즉 형편이 좋으면 욕망에 허덕이고, 춥고 배고픈 상황이 공부를 이루게 한다."고 하였습니다. 불자들끼리 마음을 합하여 어려움을 함께할 때 서로간에 믿음이 생기고 함께 공부할 마음이 더 굳세어집니다.

잘하는 것을 시샘하는 것은 중생심이요, 못하는 것을 격려하며 향상의 길로 나아가게 하는 것은 보살심입니다. 오직 지금 이 순간 내 마음의 경계를 보십시오.

아카시아 꽃이 마차산 주변에 만개하고 있습니다.

시방법계에 그윽한 꽃향기를 맡으면서 날마다 부처님 오신 날임을 알아차리시는 분들이 더 많아지기를 기도합니다.

지는 꽃잎이 열매를 맺습니다

❦

한 떨기 장미꽃은 한 달이면 피고지고, 사철 늘 푸른 듯 보이지만 소나무 푸른 솔잎도 1년이면 땅에 떨어져 불 피우는 갈비가 됩니다.

남들이 가기 싫어하는 곳에 감사한 마음으로 무주상보시無住相布施를 실천하는 불자님들의 꽃은 보기에도 가장 아름답습니다. 보답을 바라지 않지만 그분들의 바라밀 행은 모두 꽃이 되는 든든한 적금입니다.

"성내지 않는 그 얼굴이 참다운 공양구요, 부드러운 말 한마디는 미묘한 향이로다." 이 게송처럼 어느 상황에서든지 너도 좋고 나도 좋은 우리가 된다면 이 세상은 참으로 맑고 고운 세상이 될 것입니다.

살아가기 위해 몸부림치는 현실의 생업에서는 선업공덕을 짓지 못하는 우리 중생들이기에, 절에 오는 그 순간만큼은 빈 마음, 욕심 없는 마음, 감사하는 마음, 격려해주는 마음의 꽃을 피웠으면 좋겠습니다.

4월의 봄날, 무심정사에도, 마차산에도, 온 천지에 꽃들이
피어납니다.

이 세상에서 가장 아름다운 꽃은 이제 막 피어나는 꽃이 아
니라, 스스로 떨어져 열매를 맺는 희생의 꽃입니다.

나눔과 실천의 꽃에서 피어나는 향기야말로 바람을 거슬러
멀리멀리 퍼져나가고, 내가 서 있는 이곳도 극락으로 만드는
가장 아름다운 법의 향기입니다.

그립다 봄비야!

～

올해 봄비 오는 소리를 들어본 지가 오래입니다. 지금 농촌에서는 봄비를 애타게 기다립니다. 농사철에 봄비가 와야 채소 씨앗도 심고 벼도 심고 하는데 봄 가뭄이 농민들의 마음을 애타게 합니다. 작년 이맘때는 벌써 제비꽃이며 진달래, 꽃잔디들이 방글방글 얼굴을 내밀었는데 말입니다.

봄비가 오면 단순히 그냥 비가 오나보다 했습니다. 올해는 봄 가뭄에 늘 당연시한 비가 큰 은혜로, 큰 가피로 여겨집니다.

무심정사 나무와 꽃들에게 큰 마음먹고 긴 물 호스를 끌고 3시간 동안 물주기 울력을 하였습니다. 봄 가뭄이 심하여 지하수가 안 나오는 산골사람들의 얼굴이 떠오릅니다. 우리 절도 지하수라 걱정이 됩니다. 무심정사의 지하수 이 감로수도 고갈되면 이 산골에서 어떻게 살아갈고?

이름 모를 작은 꽃들이 고개를 내밀고 싶어도 지난 겨울 엄동설한을 겪고 가뭄에 배가 무척들 고팠는지, 힘없이 희미하게 웃으며 스님보고 부탁하네요.

"쌩쌩 꽃샘바람만 불고 비는 오지 않아 곁에 있는 친구들은 하나둘 왕생극락했어요. 제발, 물 좀 주세요."

물을 주다 보면 식물들의 영토 싸움을 보게 됩니다. 억세고 드센 잔디들이 죽자 살자 살아야 된다며 힘없고 가녀린 새순들 사이를 모두 점령하고 있군요. "서로 더불어 살아야 해!" 잔디들에게 부탁해 봅니다.

돌탑이 무너졌네요. 겨우내 얼어 있던 돌탑이 해빙기를 지나 솔바람의 무게를 이기지 못하고 와르르 무너졌습니다. 큰 돌은 큰 돌대로 작은 돌은 작은 돌대로, 각자의 쓰임새에 따라 이고 괴고 하여 돌탑을 이룹니다.

무심정사를 찾는 불자님들과 등산객, 약초를 캐는 분들이 간절히 기도하며 발원했던 돌탑을 다시 쌓았습니다. 인연이 닿아 오고 가는 분들이 간절한 소원대로 무량대복 받기를 발원하는 마음으로 돌들을 집었습니다. 밭에 하루 종일 물을 틀어놓고 쪼그리고 앉아서 하나둘 탑을 쌓았습니다.

"옴 아모가 바이로차나 마하무드라 마니파드마 즈바라 프라바를타야훔"

참회진언을 하며 쌓았습니다.

봄비가 오면 부처님께 반드시 감사기도를 드려야겠습니다.

봄비가 그립고, 졸졸졸 흐르는 시냇물소리가 그리운 아침입니다.

당신은 천한 사람입니까 귀한 사람입니까?

∿

어제는 신도님 집을 심방尋訪하였습니다. 28살 아가씨, 외동딸이 연애하다가 임신한 채로 남자친구와 헤어지고 집안의 반대에도 불구하고 아기를 낳아 미혼모 생활을 하는 가정이었습니다. 미혼모로 아기를 키우는 딸은 엄청난 현실의 벽에 부딪치며 괴로워하고, 그 딸로 인하여 고통 받는 가족이었습니다.

친정엄마의 도움으로 아기를 낳고 키우는 4년 동안 가족과 아기엄마가 겪은 정신적인 갈등이 참으로 많았나 봅니다.

경치 좋고 공기 맑은 포천의 전원주택에서 살며 편안하던 가족에게, 딸의 선택으로 일어난 고통은 갈수록 커져 가족이 동반죽음이라는 단어까지 생각할 정도로 극심하였습니다. 한 집안 다섯 식구는 생지옥생활을 하고 있었습니다.

이제 아장아장 걸어다니는 네 살배기 아기는 어수선한 분위기에 할머니 품에서 울다 엄마 품에서 울다 그렇게 자라나고 있었습니다.

집안은 엉망이고, 엄마는 딸의 서슬퍼렇고 살기어린 눈빛이 무서워 바들바들 떨기만 할 뿐 어떤 해결책을 찾지 못하고 있었습니다.

어디서부터 엉킨 인연의 끈이었을까요. 그 인연과 인과의 도리를 제가 딱히 알 수는 없어도, "당신은 천한 사람입니까, 귀한 사람입니까?" 미혼모인 딸에게 묻고 싶었습니다.

우리 모두 인간의 몸을 받은 우리 자신이 얼마나 귀한 존재인지 자각하시길 바랍니다.

태어날 때 부모님의 가난과 여러 주변 환경으로 인하여 어렵게 자라는 경우도 있습니다. 그렇지만 성인이 되어 능히 극복하며 스스로 삶의 주인공이 되는 사람이 있는가 하면, 태어날 때는 부유한 부모님과 안락한 환경이지만 자라면서 힘들어지는 경우도 있지요. 결론은 환경이 아니라 자기 삶을 대하는 태도가 그 사람의 인생의 가치를 좌우하는 것입니다.

당신은 천한 사람이 되고 싶으신가요, 귀한 사람이 되고 싶으신가요?

우리들은 역경에 처한 사람에게 박수를 보내지 않습니다. 고통 받는 이웃에게 보내는 관심은 '나도 저렇게 되면 어쩌지?' 하는 동정일 경우가 많습니다. 얼어붙은 우리 인간들 심장 속에서 보편적인 자비심이 사라져 버린 지 오래입니다.

마라톤을 하며 달리다가 넘어지는 선수에게 박수를 보내지 않습니다. 넘어졌다가 다시 일어서는 이들에게 뜨거운 박수를 보냅니다. 고통과 고난을 극복하고 일어서는 그 마음에 박수를 보낼 뿐입니다. 그러나 우리는 먼저 쓰러진 사람에게 용기의 박수를 치고 손을 잡아주어 스스로 일어날 수 있게 해야 합니다. 이것이 부처님의 가르침입니다.

여러분은 부처님 뜻으로 사는 귀한 사람이 되고 싶으십니까? 두려움과 분별로 이웃의 고통을 외면하는 천한 사람이 되고 싶으십니까?

정말 소중하고 진실한 부처님 가르침이 이 시대에 필요한 이유야 너무도 많습니다만, 첫째가 부처님의 무량하신 자비심입니다. 모든 부처님이 깨달으신 핵심은 보리심菩提心입니다. 더불어 살아가는, 살아가야만 하는 이 세상에서 가장 귀한 것은 동냥처럼 던지는 동정이 아닌 자리이타自利利他의 자비심입니다. 지는 벚꽃만큼이나 눈물이 날 정도로 모든 분을 사랑합니다.

어버이날

고무신 한 켤레.

저 고무신 한 켤레가 평생 수행의 본보기가 된 적이 있습니다.

요즘은 저런 낡은 고무신을 신고 다니면, 아무리 훌륭한 수행자라도 걸식자 취급을 받고 능력 없는 스님 취급을 받습니다. 가난과 전쟁, 그리고 굶주림을 겪어보지 않는 신세대 어린이, 청소년, 젊은이들은 의아해합니다.

오늘은 어버이날입니다. 출가자들은 은사 스님을 생각 안 할 수 없겠지요.

물질로 모든 것을 판가름하는 시절입니다. 부모님이 살아오셨던 그 시절보다 더 풍요하고 더 편리해졌고 더 많이 배워서 똑똑해졌지만, 더 불안하고 더 경쟁해야 하고 부와 명예를 위해 더 달려야 합니다.

순수한 마음은 사라져 사람들 심사는 더욱 더 강팍해지고, 종교 안에서도 더하기 빼기로 장사를 하고 있는 성직자들이 너무도 많은 세상입니다.

절에 대해 꼬마에게 물어보았습니다.

"절은 지저분하고 불편하고 겨울엔 넘 춥고 여름엔 넘 덥고요. 또 잼 없어서 시러요."

중고생에게 종교에 대해 물어 보았습니다

"종교… 꼭 있어야 하는 거예요? 딱히 그 어떤 종교도 못 믿겠던데요. 차라리 무신론자가 편하지 않나요?"

어른들에게도 같은 질문을 했습니다.

"스님들도 열심히 수행한다고 하지만, 산속에만 틀어박혀서 산다면 그것이 올바른 공부일까요? 사회와 너무 동떨어져 있으면 한쪽으로 치우쳐지는 반쪽 공부가 아닐까요?

이렇게 힘든 세상에 사는 속세 사람을 위로해야지요. 아니면 지도층의 조언자가 되어 좋은 세상을 만들어야 하지 않을까요?"

이 세 가지 대답에서 우리 불교는 답을 찾아야 할 것입니다.

가화만사성

전해 오는 이야기 한 편을 소개합니다.

한 색시가 시집을 간 지 얼마 되지 않았는데 하루는 밥을 짓다 말고 부엌에서 울고 있었습니다. 이 광경을 본 남편이 이유를 물으니 밥을 태웠기 때문이랍니다.

이야기를 들은 남편이 '오늘은 바빠서 물을 조금밖에 길어오지 못했는데 그 때문에 물이 부족해서 밥이 탔다'며 이것은 자기의 잘못이라고 아내를 위로하였습니다.

이 말을 들은 부인은 감격하여 눈물을 더 쏟았습니다.

부엌 앞을 지나던 시아버지가 이 광경을 보고 이유를 물었습니다. 사정을 들은 시아버지는 '내가 늙어서 근력이 떨어져서 장작을 잘게 패지 못했기 때문에 화력이 너무 쎄서 밥이 탔다'고 아들과 며느리를 위로했습니다.

그때 이 작은 소동을 들은 시어머니가 와서 '이제는 내가 늙어서 밥 냄새도 못 맡아서 밥 내려놓을 때를 알려주지 못했으니 내 잘못이다'고 며느리를 감싸주었습니다.

옛사람들은 이 이야기를 들려주면서 가화만사성家和萬事成이라고 했습니다. 즉, 집안이 화목하면 모든 일이 마음먹은 대로 성취되고 만사형통이 된다는 뜻입니다.

그런데 이 이야기를 잘 살펴보면 모두가 남의 잘못을 지적하는 것이 아니라, 오히려 자기 탓을 하며 다른 사람을 위하는 것을 볼 수 있습니다.

실수와 허물을 다그치면 누구나 상처를 받고 분노하게 됩니다. 그리고 그것은 부메랑이 되어 결국은 자신이 다치게 됩니다.

처음에 우리는 가정이 행복해지기 위해서, 혹은 내 자신의 행복을 위해서 절에 갑니다. 그러다가 점차 내 마음과 내 생각을 고치겠다고 그 어려운 경전들을 공부하고 정성껏 읽습니다.

그런데 정작 내 가족에게는 과거와 똑같이 상처를 주고 있지는 않는지요? 절에 다니기 전과 후의 생활에 변화가 없다면 절에 다닐 이유가 없습니다.

더 행복한 가정을 만들자고 법당에서 3천배도 하고, 불전에 과일과 떡도 올리면서 간절하게 기도하는 것 아닌가요? 세상에서 가장 소중한 것은 가족입니다. 가족이 부처님이고 가족이 나의 행복이고 가정이 소중한 수행공간이어야 합니다.

자신이 하기 나름입니다. 가화만사성은 다 남편 탓, 자식 탓, 시부모님 탓, 형제 탓이 아닙니다. 다 내 탓으로 돌리면 향상의 길이 보입니다.

어느새 3월, 새봄입니다. 봄날의 따스한 햇살 같은 마음으로 내 가정과 이웃을 돌아보시기를 바랍니다.

화탕지옥 속에서도 웃는 부처님 부부

신록이 눈부신 계절 4월, 다가올 마차산 솔잎축제와 부처님 오신날 행사 준비로 마음만 바쁜 일상입니다.

불법은 잘 모르지만 타고난 본성이 예의바르며, 25사단이 있는 적성에서 목장을 생업으로 하는 부부가 웬일인지 두 달 동안 통 연락이 없어 궁금하던 차에, 오늘에야 그 이유를 알았습니다.

이 부부는 홀어머니를 극진하게 모시다가 작년에 돌아가셔서 49재를 지내드리고, 바로 그해에 외동딸을 결혼시켰습니다. 그때까지만 해도 평범하게 행복한 가정이었지요.

그런데 이 부부가 볼일이 있어 외출한 잠깐 사이에 집이 온데 간 데 없어졌다고 합니다. "왜요?" 하고 물으니, "불이 났으니까요, 허허허." 합니다. 신발도 다 타버려 새로 사 신었다며, 그동안 화탕지옥에 다녀온 구구절절한 이야기를 소설처럼 말씀하시더군요.

오늘 아침 불난 집으로 위로 방문을 하였습니다. 화마에 다 타버려 그동안 살아온 부부의 보금자리는 온통 시커먼 쓰레기더미로 변해 있었습니다. 저는 그래도 혹 건질 게 없을까 쓰레기더미를 살펴보았습니다. 그러는 저와 눈이 마주친 거사님이 긴 한숨을 쉽니다.

"아니! 바로 앞이 군부대인데, 연기가 나면 군대에서는 안 와 보나요?"

"에이! 요즘 젊은이들이 뭘 아나요? 이북에서 미사일을 쏴도 아마 자기 일만 하고 있을 텐데요. 사람이 안 다친 것만 해도 천만다행이죠."

"스님, 그래도 평소에 인심을 안 잃었는지 주변에서 많이 도와주네요. 간장, 고추장, 쌀, 고춧가루도 가져다주고요. 이불도 다 갖다주네요. 이 천막으로 만든 낡은 우사라도 불에 안 타서 얼마나 고마운지요. 옆집들이 다 옛날집인데, 옆집으로 불이 안 번진 것만 해도 진짜로 감사하지요."

이런 이야기를 하고 잠시 뜸을 들인 후, 보살님이 조심스레 말을 꺼냈다. 결혼한 지 8개월 만에 갑자기 남편과 안 산다고, 친정집에 와 있는 딸 때문에 부부는 더욱더 애간장이 녹아서 불타버린 집보다 더 큰 고통스러워하는 듯 보였습니다.

"제가요, 스님. 평소엔 제가 누가 듣든 안 듣든 정신 나간 여자처럼 늘 주절주절 속풀이를 하였는데, 딸이 방에서 홀로 처박혀 있는 이후로는 어떤 말도 할 수가 없네요."

거사님은 말없이 창문만 바라봅니다. 인근 군부대에서 포사격 훈련이 있는지 연신 포탄 터지는 소리가 들립니다. 스님으로서 고통당하는 불자들에게 위로를 해주고, 새 힘을 내어 희망을 가지도록 하는 게 제 역할인데, 이 부부에게는 안타까워 가슴만 먹먹하지 딱히 떠오르는 말이 없었습니다. 그래도 위로의 말을 해야 했습니다.

"돌아가신 노모님이 만약 살아계셔서 불난 집에 혼자 계셨다가 움직이지도 못하고 불길 속에서 돌아가셨으면 어쩔 뻔했어요? 고통에서 위로를 찾자면 그렇다는 말이에요. 부처님과 관세음보살님이 분명 더 좋은 결과를 주실 겁니다. 어려운 일도 차근차근 하나둘 실타래 풀듯이 풀면 돼요. 그래도 두 분이 웃으니 제가 안심이 됩니다."

"그럼요. 가족들이 다치지 않았고, 옆집에 피해도 안 주고, 그러니 앞으로 더 열심히 살아야지요."

힘든 외동딸과 한참 이야기하고 그 집을 나서는데, 갑자기 거사님이 누런 사료봉지를 차 안에 쑥 넣어주었다.

"어! 거사님 이게 뭐예요?"

"솔잎축제를 하는데 저희가 많이 보태지도 못하네요. 나중에 새집 지을 때 오셔서 기도 많이 해주세요. 스님."

안 받겠다고 돌려주어도 그냥 가라고 손사래를 치는 목장 거사님과 환하게 웃는 보살님을 보며 가슴이 뭉클하였다. 봉투가 없어 사료봉지를 접어 보시를 하시는 두 부부가 부처님으로 보였다.

부처님, 두 분의 보시를 감사히 회향합니다.

행복도 불행도 저절로 오지 않습니다

행복은 저절로 오지 않습니다. 행복을 실현하려면 보시와 지계와 수행을 동시에 해야 합니다. 보시는 상대방에게 아무 바람 없이 베푸는 것입니다. 지계는 도덕적인 규범을 지켜 몸과 마음을 청정하게 하는 것입니다. 수행은 대상을 있는 그대로 알아차려서 어느 곳에서건 내 마음이 번뇌에 물들지 않도록 하는 것입니다.

불행 또한 저절로 오지 않습니다. 불행은 선하지 못한 7가지에서 옵니다. 탐욕과 성냄과 어리석음과 교만과 의심과 의혹과 악견惡見의 노예가 된 내 마음속에서 옵니다. 7가지 장애를 그대로 알아차리면 불행에서 벗어나 우리는 모두 행복할 수 있습니다.

찬란하여 눈부신 5월! 어리석은 중생을 위하여 이 땅에 오신 거룩하신 부처님을 생각합니다.

죄송한데, 뭐 좀 물어봐도 되나요?

〜

"따르릉!"

– 죄송한데요, 뭐 좀 물어봐도 되나요?

"네 말씀하세요."

– 초파일 등 켜는 데 무심정사에서는 얼마인가요?

등 값을 노골적으로 물어보는 경우는 처음이라 일순 당황하였지만, 모르고 묻는 질문이기에 덤덤하게 이야기하였다.

"대부분 1년 등을 켜드리니 10만 원을 받는데, 형편이 어려우시다면 성의껏 내실 수도 있습니다. 왜 그러시지요?"

– 초면에 불쑥 이런 말씀 드려서 죄송해요. 사실 제가 다니는 절에서 날마다 보시를 권선 당하니 무척 부담되어서요. 또 저희가 그 절에서 친정 부모님 제사를 올리는데 적지 않은 비용이거든요. 그런데 이번에 초파일이 다가오자 초파일 소원성취등과 별도로 영가등 값을 각각 올려야 된다고 하니 부담도 되고 마음도 안 내켜서요.

"부담이 되시면 영가등은 백중날이 있으니 그때 켜도 되는데요."

– 그렇게 설명을 안 해주고 무조건 해야 한다고 말씀하시니 기분이 영 상했거든요.

이럴 때는 딱히 뭐라 설명하기가 무척 어렵다

"그래도 보살님, 절에서는 교회처럼 십일조가 없어서, 대부분의 절은 초파일 연등 수입으로 1년 농사를 짓는 거랍니다. 그 연등 불공비로 사찰 운영을 하니까요. 스님이 오죽하면 그러겠어요. 널리 이해하세요."

– 그럼 혹시 보시금 낸 것을 연말 기부금 영수증으로 끊어줄 수 있으신지요?

"당연하지요. 그런데 그건 왜요?"

– 제가 작년 연말에 1년 동안 낸 기도비 중 일부를 기부금으로 끊어달라고 했더니 끊어줄 수 없다고 딱 잘라 말씀하셔서, 친구한테 하소연하던 중에 무심정사를 듣게 되어서 전화하게 된 거예요. 알겠습니다. 초파일날 가족들이랑 한번 찾아뵙겠습니다.

"네, 보살님. 다음카페에서 무심정사를 검색하셔서 대충 한번 훑어보세요. 그리고 인연이 되어 혹 오시면 맛있는 차 대접할게요."

전화를 끊고 한참 생각을 해봅니다. '거참, 절도 불경기는 불경기인가 보네.' 속으로 쓴웃음을 짓고 있는데 '따르릉' 또 다시 전화가 옵니다.

농협에 다니는 혜진 보살님의 귀여운 목소리였습니다.

– 스님! 왜 문자가 안 와요?

"무슨 문자?"

– 초파일날 등 켜라고요.

"그래서 전화한 거야? 달고 싶은 사람은 알아서 미리 달 것이고, 믿음이 없는 사람에게는 겁준다고 다는가? 요즘 가뜩이나 불경기에 힘든 사람들 괜히 부담 주기 싫어서 보내지 않았지. 하루 전날쯤 비빔밥 먹고 떡 준다고 봉축법회 안내 문자나 보내려고."

대한민국 돈의 90% 이상을 상위 1%가 가지고 있는 현실에서, 눈만 뜨면 경쟁이고 무조건 성공한 사람만이 최고라는 사회에서, 게다가 불경기가 오래 지속되는 상황에서, 당연히 서민들의 생활형편이 좋지도 않은데, 순수하게 보시의 중요성을 강조하기도 미안한 세상입니다.

마차산 위로 파란 하늘이 장히 좋은 오늘, 부처님 오신날이 코앞인데 오늘따라 등 달러 오시는 불자님은 없고, 느닷없이 보일러가 터져 물난리가 나는 바람에 강아지들과 정신없는 하루였습니다.

행복합니다

〜

스님은 요즘 행복합니다. 그전에는 그저 '파랑새 같은 그 행복이 어디 있나?' 늘 찾기만 하였는데, '아하! 이것이 바로 행복이구나.' 깨닫게 되니 게슴츠레한 제 눈도 반짝반짝 밤하늘 샛별처럼 저도 모르게 빛이 납니다.

올해 자비나눔 지역 솔잎축제와 지역 불교연합회 행사로 정신없이 바쁜 4월과 5월. 몸이 몇 개라도 모자랄 정도로 바쁘게 지냈습니다.

하루 종일 뛰어다니다 보니 무심정사 뒷방에 홀로 계신 노모님 생각으로 항상 속마음이 불편했습니다. 어두컴컴한 절에 들어서서 노모님 방으로 젤 먼저 찾아가보면, 기저귀는 퉁퉁 불어서 온 바지에 악취가 나는데도 종일 못 본 딸, 스님 얼굴을 보며 햇살처럼 빙그레 웃으십니다.

예전에는 비록 하루 종일 누워 계셨지만 혼자 힘겹게 한손으로 비틀비틀 일어서서 앉을 수도 있었고, 엉덩이로 밀어서 조금 움직일 수도 있었으며, 절에 오는 전화도 받아주셨으니, 그나마 건강한 편이었죠.

이젠 고관절이 무너지고 노쇠한 허리뼈도 골절되어 최악의 상황이 되었습니다. 조금만 몸을 움직이면 통증이 심해서 먹고 배설하는 일도 결코 쉬운 일은 아닙니다. 침내에서 오른쪽 왼쪽 회전, 기저귀 끈을 풀고 다시 오른쪽 왼쪽 회전, 다시 기저귀 끈을 붙이고…… 이것이 어머니와 제가 할 수 있는 마지막 운동입니다.

그나마 숨쉬기도 힘이 드는지 숨차 하시고, 매일 죽만 드시니 기운이 없다가도 제 동그란 얼굴만 보여주면 금방 눈빛이 아기같이 빙그레 웃으시니, 어찌 사랑이 안 가고 정이 안 갈 수 있겠습니까.

"노모님, 스님은 정말 행복해요. 어머니와 이렇게 함께 있으니 얼마나 좋은지 몰라. 비록 스님이지만 어느 자식이 이렇게 항상 어머니와 마지막까지 같이 지낼 수 있겠어요? 속가의 자식들은 다들 먹고 살기 바쁜데, 내가 전생에 복을 많이 지었나 보네요. 이렇게 착하고 예쁜 어머니와 늘 함께 있으니 복 중에서도 젤 좋은 청복이지요."

중환자실에 계시더니 아기가 되어 가십니다. 세상에서 이렇게 사랑스런 아기를 본 적 있을까요? 저를 낳아주고 기르신 가장 예쁜 엄마이며 아기입니다.

무슨 검사가 그리 많은지, 10일 동안 중환자실에서 금식하고 물 한 모금 달라고 하는데도 먹지 말라 매몰차게 대하니, 결국 수술을 포기하고 어머니를 절로 모셨습니다.

오시자마자 3일 동안 잠도 안 주무시고 하루 종일 소리소리 지르고 욕까지 하면서 눈동자가 풀리고, 어디서 그런 힘이 나는지 침대에 누워서 허공에 대고 박수를 치고 손을 휘휘 저으면서 새벽 4시까지 큰소리로 음정박자도 무시한, 어머니가 작사 작곡한 게 분명한 노래를 부르십니다. 아, 이제는 치매도 왔나 했는데, 다행히 잠깐 동안의 섬망 착시증세였습니다.

잠깐 섬망 증세로 힘들었지만 다시 안정을 찾고 본래의 모습으로 돌아오셨습니다. 그러나 어머니의 기력은 완전 밑바닥입니다. 10일 동안 병원에서 진통제와 포도당 링거로 버티어왔으니까요.

점점 여위어 가는 어머니의 바싹 마른 사대四大를 그저 꼬옥 안아주면서 얼굴 보며 눈을 맞추면 노모님은 환하게 웃으십니다. 그리고 틀니도 없는, 마른 홍시처럼 쪼글쪼글한 입을 쏙 내미시며 뽀뽀를 하자고 하십니다.

사랑하면 온 세상이 저 푸른 초원이 된다 하지요. 보리밥을 먹어도 사랑하는 님만 있으면 배가 부르고 행복해진다 하지요. 이렇게 사랑하는 어머니와 살고 있으니 날마다 극락에 살고 있는 셈이지요. 사랑을 받아주는 이가 있으니 너무나 행복하고, 사랑을 하는 내가 있으니 너무나 행복합니다.

　신기루처럼 행복한 하루가 이렇게 소중하고도 아름답게 흘러가고 있답니다.

아름다운 사바세계의 하루가 지나갑니다

어머니 영정 사진

오늘도 천장만 응시하고 있는 힘없는 노모님을 가슴 뭉클하게 지그시 껴안아 드립니다.

"사랑해요. 어머니!" 하면서 찐한 포옹을 해주면 초점 잃은 눈빛에 갑자기 생기가 돕니다. 철없는 아기처럼 환하게 웃는 노모님.

함께 공유하는 이 순간이 가장 기쁘지만 함께 공유하는 이 순간은 가장 슬프기도 합니다.

머리를 감겨드리고 드라이기로 예쁘게 머리손질을 해드리고 물수건으로 온몸을 닦아주다 보면 깡마른 노모님의 가슴! 92년 동안 가장 잘한 일이 이 젖꼭지로 자식들을 먹여 키우신 거랍니다. 보릿고개 먹을 게 없던 배고픈 시절, 지나가는 탁발 스님에게도 한 대접 짜서 공양을 올리셨다고 합니다.

어머니의 바싹 마른 몸에서, 거죽만 덮이고 핏줄이 선명하게 드러나신 석가모니 부처님 고행상이 떠오릅니다.

고관절로 위험한 줄 알면서도, 무조건 수술해야 한다고 강압하는 하얀 가운의 전문의 말을 무시하고 우겨서 절로 모신 지 한 달이 넘었는데, 오히려 노모님은 평안하고 의식은 또렷하십니다.

"어머니, 오늘은 젊을 때처럼 연지곤지 화장해줄까요?" 그래도 침묵.

"흘러간 노래 틀어드릴까요?" 그래도 침묵.

"어머니, 염불해줄까요?" 했더니 "스님 귀찮게……."

힘없는 목소리로 의사표시를 하셔서 목탁 치며 염불을 하였는데, 슬픔이 스며들어 부처님께 몰입이 안 된 염불이 끝나자 한마디 하시네요.

"……듣기……가 참 좋……네……."

그 순간 저는 수행자의 나태한 마음을 들킨 것 같아 부끄러웠습니다.

누구를 위한 염불이든지, 어떤 상황이든지 앞으로 더욱더 정성껏 할 것을 깨우쳐 주신 어머니!

스님이 된 딸과 어머니는 정근을 함께 하면서 소중한 이별도, 남아 있는 만남도, 그저 한마음으로 기도하면서 아름다운 사바세계의 하루가 또 흘러갑니다.

도량에는 나리꽃이 활짝 만개했습니다.

내가 그 사람을 사랑한 것이 아니라 다만…

❧

내가 그 사람을 사랑한 것이 아니라 다만 그 사람과 나와의 인연이 사랑이었을 뿐입니다.

내가 그 사람을 미워한 것이 아니라 다만 그 사람과 나와의 인연이 미움이었을 뿐입니다.

그 상황이, 그 인연이 미움이고 사랑이었을 뿐, 그 인연을 미워하고 사랑할지언정 그 사람을 미워하거나 사랑하지 말고, 인연 따라 사랑도 하고 미워도 하되 거기에 끝까지 얽매이지는 않아야 합니다.

이제는 그 어느 곳에서도 불러볼 수 없는 엄마라는 단어입니다.

보고 싶을까 봐, 그리워질까 봐, 입속으로 집어넣고 또 집어넣고……. 나는 수행자이니까, 하며 그렇게 아무렇지도 않은 척 49일을 지냈습니다.

수행자인 척하는, 이런 장애를 가진 나는 언제 맑은 하늘과 같은 착한 울 엄마를, 그 입장을, 감히 그 마음을 이해나 할 수 있을까요.

빈터인 이곳 마차산에 와서 아무것도 없고 춥고 배고픈 시절이었습니다. 이른 새벽 빈 냉장고를 열어 보시고, 어머니는 길가 둔덕에 앉아 하루 종일 쑥을 캐셨습니다.

저녁상에 향긋한 된장국 냄새로 가난하고 나태한 스님을 더욱더 부끄럽게 하신 나의 스승, 나의 어머니!

봄은 날마다 오는 새봄이건만 오늘도 당신에 대한 그리움과 회한이 한가득합니다.

나무아미타불, 나무아미타불, 나무아미타불.

세상에는 안타까운 일들이 너무 많다

❧

전화벨이 울린다.

－여보세요? 무심정사 스님이시죠? 사실 제 자식이 갑자기 이승을 달리해서…, 49재 마지막 재를 지내고 싶어서요.

"몇 살인데요?"

－31살이고, 총각이에요.

가슴이 철렁해졌다. 부모보다 먼저 간 자식의 인연도 인연이지만, 자식을 잃은 슬픔은 그 옛날 부처님 설화에도 비유가 있기 때문이다.

－사고사예요. 젊은 나이에 죽었으니 얼마나 하고 싶은 것이 많겠습니까. 그리고 억울한 죽음이라, 억울해서 중음신中陰身으로 떠돌아다닐 수도 있겠지요.

"그런데, 아버님, 남은 자식은 몇인데요?"

－그놈 하나예요.

내 가슴이 쿵! 내려앉는다.

― 시신 발견도 4~5일 지나서 돼서, 아이가 죽은 정확한 날짜도 모르고요. 가서 말씀드려야 하지만….

나는 사실 유족들에게 천도재나 49재를 하라고 하지도, 하지 말라고 하지도 않는다. 혹 가난한 살림살이라면 유족들에게 부담이 되기 때문이다.

어쨌든 "일단 유족들하고 편안히 오십시오. 기다리겠습니다." 이렇게 말했다.

자식은 땅에 묻지 않고 가슴에 묻는다는 말이 있다. 하늘이 무너지는 슬픔이고 고통일 것이다. 그것도 달랑 아들만 하나이고 억울하게 죽은 지 4~5일 뒤에 발견이 되었으니, 유족들 마음은 미루어 짐작만 할 뿐이다.

세상에는 억울하고 한이 맺혀 풀리지 못하는 죽음들이 너무 많다. 압구정역 X번 출구 화장실은 무서워서 지금도 시민들이 가지를 못한다고 한다.

이렇듯, 요즘엔 억울한 죽음들이 너무도 많다.

부처님 가르침인, 먼저 가고 늦게 가고가 좋고 나쁜 것이 아니고 원인과 결과, 즉 인과에 따른다는 말씀도 옳다. 하지만

이 관점은 우리가 깨달음을 얻은 다음에 오는 경계여야 한다.

초등학생이 대학생을 흉내 내어 보았자 초등학교 1학년일 뿐이다. 우리는 더불어 사는 세상에서 모든 일에 공감할 수 있어야 한다. 아픈 사람과 함께 울고 기쁜 사람과 함께 웃으며 이 사바세계를 살아야 한다.

세상의 그 어떤 아름답고 용기 있는 말도 죽음 앞에서는 무용지물이다. 세상에는 억울하고 안타까운 사연들이 너무도 많다. 봄날의 따스한 햇볕처럼, 우리 함께 서로 위로하고 보듬으며 이 고통의 세상을 살아가자.

골든타임

포클레인으로 도량 정비를 하면서 수국나무와 소나무 몇 그루
를 옮겼습니다.

때마침 올라온 광덕 거사님이 축 늘어진 수국나무를 보더니,

"일미 형님! 이 나무 꽃 안 펴요. 다 죽어요. 빨랑 물 줘야 돼!"

"오늘 저녁에 비 올 텐데 뭘."

아무런 걱정 없이 마냥 천연덕스러운 일미님입니다.

광덕 거사님이 물 호스를 끌고 와서 땅을 급하게 휘적휘적

긁고는, 호스를 땅속에 아예 콱 박아버립니다.

"스님, 골든타임 아세요? 얘네 이파리 보세요. 축축 늘어졌잖아요. 빨리 인공호흡하지 않으면 나 죽는다니깐. 저녁에 비와두 골든타임이 지나서 다 죽어요!"

골. 든. 타. 임.

세월호 이후로 더욱 가슴 아픈 단어 골든타임.

골든타임은 부처님 말씀으로는 절대 절명의 인연법입니다.

광덕 거사님이 철철 넘치게 물을 흠뻑 주고 잎사귀에도 물을 뿌려 주고 한동안 정신없이 왔다 갔다 합니다. 거사님은 그렇게 틈만 나면 올라와서 바지런히 움직이십니다. 그래서 내심 거사님이 언제 올라오시나 기다리게 됩니다.

종무소를 옮기면서 그냥 끊어놓은 삼성각 인등불이 꺼진 지 일주일이나 되어가고 있었습니다. 여기저기 따온 전기선만 해도 세 갈래.

"광덕 거사님, 올라온 김에 이 전기선들 좀 안전하게 정리해 주시면 안돼요? 이 스님이 몸이 가벼우면 벌써 저 전봇대 올라갔겠지만, 원체 무거워서, 하하."

"스님! 전기는 혁재가 전공인데, 난 잘 못해요."

말은 그렇게 하면서도 다람쥐처럼 잽싸게 전봇대에 올라가서 여기저기 얽혀 있는 전기선을 몽땅 제거하고, 깔끔하게 정리하여 삼성각 전기선과 뚝딱 연결해 줍니다. 그것도 모자라서 삼성각 소나무 분재를 또 열심히 다듬고는, 올 때처럼 휙~하니 내려갑니다.

무심정사 일을 당신 일처럼 해주시는 광덕 거사님, 고맙습니다.

오늘도 무심정사는 이런 분들의 마음과 정성으로 가꾸어지고 있습니다.

오늘도 좋은날

똑똑하고 날렵한 우리절 지킴이 진돗개 사연이가, 어둠이 물
러가기도 전 새벽, 유독 컹컹 경계태세로 한참을 짖어대기에
'혹시 야생 산돼지가 내려왔나?' 했습니다. 옆에 있는 장비 놈
(수컷)도 덩달아 하늘을 보면서 한참을 짖어대고요.

　인석들이 오늘 왜 이러는 거야 도대체? 살금살금 다가가보
니, 오 마이 갓!

　엄마야! 우리 사연이가 밤새 엄마가 되어 있었네요.

　이런 우야꼬. 미역국! 미역국!

　그래도 12월 엄동설한에 몸 푸는 것보단 훨씬 다행이다 사
연아~.

진돗개들은 지푸라기를 깔아주어도 그 속에 안 들어가고 직접 흙을 파서 자신의 체온으로 새끼들을 보호합니다.

'스님! 나 목줄에 묶여 있어서 옴짝달싹도 못하겠어요. 풀어주세요!'
꼼지락거리는 아기들을 보듬은 사연이가 제게 눈빛으로 말합니다.
저도 눈빛으로 말합니다.
'사연아, 답답하지. 그러나 풀어주고 싶어도 너 지금 무척 히스테릭해서 절에 오가는 사람들에게 입질하면 큰일이거든. 힘들어도 조금만 참아라.'

새끼 다섯 마리를 쑤욱 순산한 우리 사연이, 힘내라 힘! 그래도 다행이다. 휴~ 몇 달 전부터 누렁이 수캐가 날마다 올라와서 혹시나 누렁아기가 나오면 어쩔꼬! 했거든요.
그래서 오늘도 좋은날입니다.

강아지 영가등

"참 예쁘지요? 이름은 '두부'라고 합니다."
강아지 사진을 보여주며 보살님이 말합니다.

새벽 도량석을 하고 아픈 허리를 잠시 눕히고 있는데 5시 반에 전화가 왔습니다.

아끼던 강아지가 죽자 '땅에 묻어야지, 묻어야지' 하면서 3일을 자기 방에서 끌어안고 울고만 있던 아들이 갑자기 무심정사에 두부를 묻겠다고 하더랍니다. '스님이 아프시다는 말을 들었건만 자식일이 먼저라 깜빡했다'고 미안해합니다. 아픈 허리도 잊고 절에 데리고 오라고 하였습니다.

요즘은 반려견도 가족과 같아서 이별을 하면 무척 큰 고통인가 봅니다. 이 집은 온 가족이 강아지를 좋아해서, 결혼한 딸도 '사랑'이라는 반려견이 죽자 화장하여 곱게 유골함에 넣어 절에 모신 적이 있습니다.

일심봉청 생종하처래 사향하처거
생야일편부운기 사야일편부운멸
부운자체본무실 생사거래역여연
독유일물상독로 담연불수어생사……

그래, 두부 영가야…… 독유일물상독로獨有一物常獨露이로구나. 나무아미타불.

마차산에도 아카시아꽃 향기가 온 천지에 그윽한 눈부신 날입니다만, 오늘 하루에도 수많은 생명이 태어나기도 하고 죽기도 하며 병들기도 하겠지요.

며칠 전 일입니다. 진돗개 사연이가 엄마가 되어 저녁에는 목에 있는 쇠줄을 풀어 주었다가 아침에 다시 묶곤 했는데, 에구머니나! 무심정사가 산속이라 추워서 그랬는지 눈을 못 뗀 새끼 한 마리가 마당에 죽어 있었습니다. 나무아미타불, 나무아미타불, 나무아미타불. 자비와 광명의 빛이여, 일심으로 나무아미타불.

무엇에 홀린 듯 아들은 강아지 시신을 지키느라 꼬박 밤을 새우고 무심정사로 왔다고 합니다. 아들은 첫인상이 우직하고 저처럼 뚱뚱하게 살이 쪘습니다. 저는 몸살감기로 새벽에 으스스하여 긴팔을 입었는데, 아들은 검정 반팔을 입고 말없이 시키는 대로 따라합니다.

사연이를 잠깐 보니 아예 널브러져 있네요. 엄마 되는 것이 얼마나 힘이 드는지, 거기다 아기 하나를 잃었으니 사연이 마음이 오죽할까 미루어 짐작해 봅니다.
"우야꼬! 넬모레가 부처님 오신날이라 도량이 조금 시끄러울 터인데, 사연이가 스트레스 받겠네요."

강아지 두부를 묻을 곳은 소나무가 많은 산자락입니다. 일단 영정사진을 앞에 놓고 헌향하고, 아들은 울면서 땅을 팝니다. 마음이 짠합니다. 언제 죽음에 대한 부처님 이야기를 해주나? 타이밍이 잘 안 맞습니다.
30분 만에 땅을 깊게 파고 강아지의 극락왕생을 빌며 염주 등과 함께 묻었습니다.
절을 떠나며 아들은 눈시울이 붉어져 있고, 어머니가 인사를 합니다.

"스님, 목소리가 많이 부으셨는데 죄송해요. 요즘 초파일 준비하시느라 무척 바쁘신 줄 아는데도, 아들이 날마다 멍하게 있어서요. 이리 저만 생각하고 소란을 피워 죄송합니다."

"아참! 그래, 나 아팠지! 하하하."

걱정시키기 싫어서 짐짓 호탕하게 웃으며 모자를 배웅했습니다. 차가 떠나고 절 경내가 조용해지자 갑자기 허리가 아프고 으슬으슬 오한이 몰려옵니다.

저번에 사랑이, 이번에 두부, 축생이라도 복이 많아 영가등을 올리네요. 눈도 못 뜨고 죽은 사연이 아기와 두부, 사랑이

모두 다음 생에서는 좋은 곳에서 부처님 말씀 배우는 삶이 되어라! 나무아미타불, 나무아미타불, 나무아미타불.

오늘 하루는 무엇을 하든 일심으로 나무아미타불, 나무아미타불입니다.

공휴일이요!

꿏

젊은(?) 50대 중반의 부부가 초파일 연등을 접수하러 절에 왔습니다. 50대 중반을 젊다고 한 것은 지금 시대가 100세 시대이기 때문이지요. 옛날이야 나이 오십이면 뒷짐 지고 손자 재롱이나 볼 나이지만, 100세 시대는 축복인지 재앙인지 근 칠십까지 일해야 한답니다.

은사시나무 꽃가루가 사방에 흰 눈 오듯이 날리는 모습을 지대방 창문으로 보며 두 분과 차를 마셨습니다. 부처님 오신 날도 근무를 해야 해서 미리 오셨답니다.

"아니 초파일은 공휴일인데, 안 쉬나요?"

"에이 스님, 공휴일은 여유 있는 사람들과 공무원들 편하라고 있는 거구요. 우리 같은 흙수저들은 쉴 수가 없어요. 쉬는 날 쉴 수도 없을 뿐더러 쉬면 연차에서 금액 차이가 엄청 나요. 그리고 공휴일 날 쉬면 회사도 작업량에서 손실을 보니 직원들이 연차 내는 데 엄청 눈치가 보여요. 그러니 차라리 일하고 말지요. 이 악물고 버는 흙수저들끼리 하는 말이 있어요.

하루 놀면 20만 원 버리고, 하루 일하면 10만 원 벌고."

옆에서 빙그레 웃고 있던 부인이 한마디 거듭니다.

"이이가 하루 종일 일하고 와서 저녁 그 늦은 새벽 1시에 술 먹는 것 빼면 저는 불만 없어요."

부인의 말을 듣고 제 깜냥으로 한마디 했습니다.

"아니, 돈 벌어서 뭐해요. 다른 남편들은 집에 돈도 안 벌어 다주면서 큰소리치는데, 좋아하는 술도 먹고 고기도 먹고, 돈도 써야 버는 맛이 있지! 그리고 보살님이 몰라서 그러는데, 몸으로 먼지 먹고 일하며 돈 버는 사람들은 기름기 좀 먹어야 해요. 그리고 노가다 하느라 몸이 지치고 힘들 때 술 한 잔 들어가야 서너 시간 자도 푹 잘 수 있는 거예요."

제 말이 끝나자마자 바로 "그렇죠! 스님!" 하며 남편이 환호를 합니다.

"그게 아니라 스님, 너무 많이 마셔서 그래요."

그리고는 부인이 손가락 두 개를 펴 보입니다.

"와! 세다. 그럼 부인이 좀 옆에서 거들지 그래요. 요즘 보살님들이 거사님들보다 더 잘 마시던데. 하하하!"

"에이, 스님! 집사람은 두 잔밖에는 못 거들어요. 그것도 늘은 거예요, 하하."

참으로 소박하면서 평화롭고 아름다운 부부입니다. 서울에

골드황 거사님(비정규직 근로자)과 미얀마 보
살님이 법당 연등을 걸기 위해 울력하는 모습.

올라와 고생하면서 만나 숟가락 하나부터 시작해서 열심히 살
림을 일군 부부입니다. 1년 365일 단 하루도 쉬지 않고 남편은
15년, 부인은 20년 각각 다른 공장에서 일하며 살고 있습니다.
가족애와 형제애가 좋아서 절에 올 때는 어머니와 아들, 남동

생들까지 온 가족 8명이 우르르 몰려옵니다.

늘 미소를 달고 사는 부부의 희망은 이렇습니다.

'앞으로 몇 년 지나 65세가 되면 각각 연금이 80만 원씩 나오니, 그 돈으로 노후에 우리나라 전국 사찰을 순례하면서 살 거라고, 그때까지 이를 악물고 고생하자'고 하였답니다.

"스님, 제가 14살에 서울에 올라와서 받은 첫 월급을 지금도 기억해요. 1,400원이었어요."

지나온 이야기를 구수한 입담으로 풀어내는데, 다른 분들이 오셔서 그만 자리에서 일어나야 했습니다.

근로자의 날이어서 휴일인 오늘도 남은 시간에 빨리 집에 가서 잠을 자야 한다고 합니다.

지금 이 순간도 열심히 고생하시는 우리나라 모든 근로자 분들에게 감사의 마음을 전합니다. 이분들이 있기에 우리나라 가 이러니저러니 해도 버티고 있는 것 아닐까요?

기름칠하면서 열심히 몸으로 일하시는 분들이 행복한 대한 민국을 원합니다. 얼른 비정규직 없는 세상이 오기를 발원합니다. 나무 석가모니불, 나무 석가모니불, 나무 시아본사 석가 모니불.

오늘도 눈부신 날

∼

"작년에 딸아이와 아들, 아내랑 온 가족이 사이판도 다녀오고
요, 올해는 미국으로 가족여행을 가려고 열심히 살아왔는데
저희 가정이, 아니 제가 이렇게 된 것은 불과 6개월 전이에요."

모처럼 한가한 무심정사 미소방에 안면이 있는 거사님이 어
두운 얼굴로 찾아왔습니다. 사연인즉 건강했던 부인(57살)이
어느 날 당뇨암 말기로 판정받아, 그때부터 온 가족은 하늘이
무너졌다고 합니다.

"저는 대한민국 댄스연합회 부총재도 지내고, 대학교에서
춤에 대한 강연도 하며, 작년만 해도 각종 대회들에 참가하며
정말 즐겁게 잘 지냈습니다. 댄스학원도 여러 개 운영하고요.

스님도 아시다시피 무심정사의 불우이웃돕기, 솔잎산사축
제에도 초등학생들을 데리고 와서 댄스공연도 몇 번 하였지
요. 그런데 애들 엄마가 그렇게 되자, 시집간 딸이 자기 가정
을 팽개치고 아예 엄마 옆에 하루 종일 붙어서 보살피고 있습
니다. 이런 상황에서, 제가 무슨 즐거움이 있어 날마다 춤추고

남들에게 신나게 음악을 가르치겠습니까. 하루하루 죽음과 사투를 벌이는 마누라한테 죄가 되는 것 같아서 댄스학원도 다 처분하고 지금은 딸아이 없는 시간에 아내를 돌보고, 밤에는 대리운전하면서 그렇게 먹고 살고 있습니다만, 저도 이젠 서서히 지쳐갑니다."

"부인은 종교가 있나요?"

"네, 가톨릭 신자입니다. 그래도 산에 오르면 꼭 절에 가서 참배를 합니다. 지금은 병으로 30kg가 빠져 몸에 뼈만 남았습니다. 우울증도 심하고요. 그래도 소요산으로 날마다 열심히 운동하러 다니지만, 왜 다가오는 죽음이 무섭지 않겠어요. 그래서 많이 힘들어합니다.

암환자 휴양지를 알아보았는데 거리가 멀더군요. 강원도 쪽이나 아래지방은 하루에 한 번씩 가는 병원과 너무 멀어서 걱정도 되고요. 그런데 무심정사는 주변도 조용하고 산에 사람들도 없어서 제가 집사람을 데리고 절에 오고 가면서 쉴 수 있는지 여쭤보려고 왔습니다. 그런데 제가 절에 사례하는 방법이나 절 예법을 전혀 모릅니다. 죄송합니다."

"무심정사에는 맘 편히 오고 가세요. 사례하는 방법은 딱 한 가지, 부인이 반드시 나아야 된다는 것입니다. 의지만 있다면 내가 어떤 마음으로 이용하는가에 따라서 돌투성이 땅도 옥토로 바뀔 수가 있어요. 부인이 저희 절에 와 텃밭도 가꾸고 명상도 하면서 마음을 편히 가지고 열심히 병을 극복하는 것 이 상으로 최선이 어디 있겠습니까? 한번 부인과 함께 오세요. 무 엇보다 부인의 의지가 가장 중요하니까요."

안타까운 사연입니다. 행복했던 가정이 아내의 암으로 큰 위기가 닥친 것입니다. 거사님과 2시간을 미소방에서 차담을 하였습니다.

무슨 말을 어떻게 해주어야 이 가족들이 뜻하지 않게 찾아 온 고비, 삶의 고비를 넘길 수 있을까요? 스님인 제가 부처님 전에 열심히 기도한다고 과연 극복할 수 있을까요? 착잡한 마음이었습니다. 환자 본인의 의지와 바른 섭생과 운동이 무엇보다 가장 중요하고, 가족들의 마음가짐도 또한 중요하지 않을까요? 그 환자분은 매일 병원에 가서 비타민D 주사를 맞는다고 합니다. 아니! 저 찬란한 봄날 햇빛도 주사로 몸에 넣어주어야 한다니, 그만큼 몸이 아픈 것이겠지요.

평소에 꾸준히 기도하고 수행을 해야 하는 이유는, 바로 누구나 살면서 이 거사님 가정처럼 뜻하지 않게 삶의 역경이 올때 "모든 것은 지나가리라!" 이런 마음으로 스스로 극복하는 놀라운 힘을 주기 때문입니다. 모두들 아프지 마십시오. 나도 너도 우리 모두 말입니다.

그냥 주저앉아 버리세요!

❦

"스님! 남들은 정말 다들 잘사는 것 같고 부러워요. 왜 나만 바보같이 이러고 사는지요. 속상해서 3일 동안 잠 한숨 못 잤어요."

우리 고우신 보살님! 찡그리지 마세요. 사실은 누구나 다 그렇게 생각하면서 살아가요. 내가 보기에 보살님은 감성과 재능이 남들보다 뛰어나서 눈에 쉽게 띄지만, 실은 겁이 많아서 일을 시작했다가 중간에 포기를 많이 하지요. 처음 가진 마음을 자꾸만 잊어버려서 그래요. 초심을 잃어버리니까 끈기도 없어지고, 남들이 안 알아주니 하고 싶지도 않고, 그러다가 좌절하여 손을 놓게 되는 것 같아요.

때로는 자존심도 상하고 해서 멈추어보면 남들은 또 늘 하던 대로 아무렇지도 않은 척 살아들 가니 문득 이건 아니지 싶었겠지요. 보살님이 하고 싶어 하는 목표가 겨우 3일 잠 못 자고 고민한다고 금방 해결되겠어요? 고민한다고 해결되는 건 없어요. '걱정한다고 해결되면 걱정할 게 없다'는 속담처럼요.

하지만 조금 더 고민하세요. 그래도 사방이 캄캄하면 그땐, 정말 힘들 땐 그냥 주저앉아 버리세요. 그러면 1주일 안에 아마 답이 나올 겁니다. 답이 나오면 잠 못 자고 한 고민이 보살님에게 큰 힘이 될 것입니다.

붙잡고 매달리기만 하는 것이 문제 해결의 방법이 아닙니다. 때로 그냥 푹 주저앉아 버리는 것도 방법입니다.

2.
성숙을 향한 여름

칡꽃 단상

꽃도 예쁘고 향기는 저 아랫동네까지 흠뻑 취할 정도로 향기로운 칡꽃무리들, 이 터에 처음 와서 토목공사를 할 때마다 나오는 수많은 칡들. 지나가는 스님이 오셔서 "아, 이건 암칡으로 몸에 좋은 거여. 참 달다." 그러셨다.

그러나 이 터에서 살고 보니 아무리 꽃이 예쁜들, 아무리 향기가 천리만리로 퍼져간들, 나무와 꽃들을 칭칭 감아서 서서히 말라죽게 하는 칡이기에 내 눈에는 탐탁치가 않았다. 하지만 또 여름 이맘때만 되면 칡꽃은 천하무적의 향기와 자태로 하늘을 찌른다.

단지 근처에 있다는 이유로 이웃 나무를 이 줄기 저 줄기 전 깃줄처럼 칭칭 감아 결국 죽게 하는 모양만 예쁜, 향기만 고운 저 칡꽃처럼 우리는 그렇게 살지 말아야겠습니다. 남을 괴롭히는 저 칡처럼 살지는 말아야겠습니다.

오늘따라 왜 저 화려한 칡꽃들이 우리 사회의 '갑들'처럼 보일까요? 거참.

눈먼 믿음과 바른 믿음

태풍과 비바람이 지나갔습니다. 마차산의 물안개가 비바람에 살랑살랑 아리랑 춤을 춥니다. 비가 온 뒤 마차산은 더없이 차분하고 고요합니다.

휘돌아 감기는 마차산의 운무를 가만히 바라봅니다. 모락모락 물안개가, 은은한 화장을 한 여인네가 마치 남정네를 유혹하듯, 운무가 되어 마차산을 감추었다가 드러냈다가 변화무쌍하게 연극을 하는군요.

무심정사 도량엔 아무도 없고, 대신 두터운 고요함이 깔려 있습니다. 간간이 가랑비가 가늘게 오고 있는 늦은 오후, 참으로 좋은 시간입니다.

다소 외롭고 적적하지만 마차산과 말없는 대화를 해봅니다.

비온 날은 녹차나 자연 차보다는 왠지 모르게 진한 커피향이 후각에 둔감한 제 코와 밋밋한 제 마음을 유혹합니다.

하얀 트럭이 절 입구에 들어서고 강아지가 짖고, 낯선 거사님이 고요를 깨트립니다. 저희 절은 사방에 담도 문도 없습니다. 모르는 거사님이 출입구에 바로 보이는 관음보살님 앞에서 한참을 합장하고 있습니다.

밖으로 나와 그분을 바라봅니다. 술에 잔뜩 취했는지 비틀비틀 두 손을 합장하면서 말을 합니다.

"스님, 저…… 혹시 차 한잔 얻어먹을 수 없을까……요?"

물어보는 거사님 입언저리가 상당히 뒤틀리고 얼굴 근육도 약간 씰룩씰룩 합니다. 차 한잔 대접합니다.

"이곳은 스님…… 정확히…… 45년 전에…… 바위를 깨서 아주 작은 돌들을 저 밑으로 굴려서 다라에 담으면…… 그때 돈으로…… 사람들 품삯이 25원 했거든요. 제가 이곳을 잘 알지요. 그런데 참말로 절이 들어섰네요. 오늘 비 오는 날 제가 적적해서 술 한잔 했는데, 마차산이 보고 싶어서 올라왔습니다. 저 산을 보면 저 운무 사이로 산신령이 나타날 것만 같기도 하구요. 그런데 참으로 제가 행복하게 오늘 이 시간에 스님을 뵙게 되는군요. 스님…… 저는요, 부처님……이요…… 신이 아니잖아요? 부처님은 신이 아니에요. 증말……이에요. 그래서 전 부처님을 증말 증말 좋아해요."

긍정도 부정도 솔직히 하기 어렵습니다. 부처님을 좋아한다니 더더욱 그러합니다.

차를 건넸습니다. 마차산을 바라봅니다. 제가 묻습니다.

"부처님을 보신 적 있나요?"

"아니요…… 한 번두…… 단 한 번두 본 적은 없어요."

"어떻게 보지도 않았는데 그냥 믿을 수 있나요?"

"그래도요. 스님! 믿어요. 믿고 싶어요. 제 마음으로요. 우리 엄마가 평생을 저를 위해서 절에 다니셨구요. 스님들은 다들 훌륭하세요. 부처님을 믿고 어리석고 못 배운 저희들을 위해 날마다 기도해 주시니 얼마나 훌륭해요! 전요, 제가 술을 약간 먹고 와서 스님 뵙고…… 죄송하고 무례하게…… 횡설수설……해두, 그거 하나는 정확히 알아요. 스님들은 하나같이 모두들 훌륭하신 분들이시라는 것을요. 그래서 전 무조건 믿어요."

거사님은 입술 언저리가 연신 씰룩씰룩하며 한쪽 눈도 찡그렸다가 폈다가 하며 조심조심 말을 합니다. 두 사람은 다시 마차산을 바라봅니다.

절을 떠나며 뒤돌아서서도 연신 합장으로 예의를 갖추시는 거사님을 보며 수행자의 삶을 곰곰이 생각하게 됩니다. 저렇게 무턱대고 가사 입은 스님들만 보면 부처님처럼 찬탄 공양하는데 제가 한편으로 부끄러워졌습니다.

옛날에는 대뜸 "술을 먹고 감히 어디 청정도량엘 들어와!"

했었는데, 요즘은 오고 가는 분들의 말소리에 저 마차산처럼 조용히 귀 기울입니다. 말은 그 사람의 생각이니 존중하고 존중받아야 합니다.

한편으로는 과연 내가 저 거사님처럼 비록 맹목적이지만 절대적이고 한결같은 믿음을 가질 수 있을까? 하고 자신한테 물어보았습니다. 출가자이면서도 더하기 빼기로 늘 셈하고 있는 제 자신이 보입니다.

그런데, 과연 어리석은 맹신과 올바른 믿음 중에 나의 믿음은 어떠할까요? 올바른 믿음은 어제의 일을 항상 뒤돌아보아 낱낱이 참회하고, 지금 오늘 이 순간에 만족하면서 행복해하고, 나아가 내일 또한 오늘의 이 습관으로 저절로 행복해지는 소중한 말입니다.

그 거사님이 떠나시고 자등명自燈明 법등명法燈明만이라도 일러주었더라면 하는 생각이 들었습니다. 한 생각, 말 한마디라도 올바르게 뒤돌아보고, 여기저기 얽힌 인연들을 배려하면서 맑고 향기롭게 살아야겠다는 다짐을 합니다.

운무가 깔린 마차산을 바라보며 조용히 명상합니다.

돼지는 하늘을 볼 수가 없다

돼지는 하늘을 볼 수가 없답니다.

그 이유는 돼지의 목이 땅을 향하고 있어 기껏 높이 들어봤자 수평이나 45도 정도밖에 들 수 없기 때문이죠. 그래서 돼지는 스스로 하늘을 올려볼 수 없다고 합니다.

그런 돼지가 간혹 하늘을 볼 수 있는 때가 있다고 합니다. 바로 '넘어졌을 때'입니다. 우리 삶에도 때로 넘어지는 순간이 찾아옵니다. 그리고 넘어지는 데는 다 이유가 있습니다. 넘어져야 비로소 하늘을 볼 수 있기 때문입니다.

살아가다가 여러 가지 이유로 넘어지는 우리의 삶, 넘어지고 쓰러진 그때가 바로 평소에 보지 못한 하늘이라는 더 넓은 세상을 볼 수 있는 때입니다. 그러니 삶의 구비에서 넘어짐을 너무 두려워할 필요는 없겠지요.

한편, 개는 하늘을 봐야 한답니다.

개를 영어로 도그(Dog)라고 하죠. 돼지와 달리 개가 하늘을 보면 놀라운 일이 벌어집니다. 개가 거꾸로 누워 하늘을 보면 신(God)이 되기 때문이죠. 하하.

욕망 속에서 맑은 향기 피어 오르다

『선문염송』에 유명한 이야기가 있습니다.

옛날 어떤 노파가 한 암주庵主를 20년 동안 공양하였다. 노파는 항상 딸을 시켜 스님에게 밥을 보내고 시봉하게 하였다. 어느 날 딸로 하여금 그 스님을 꼭 껴안고 물어보게 하였다.

"이럴 때 어떠합니까?"

암주가 말하였다.

"마른 나무가 찬 바위에 의지하였으니 삼동에 따뜻한 기운이 하나도 없다."

딸이 돌아와서 노파에게 이 이야기를 전하니 노파가 대꾸하였다.

"내가 20년 동안 겨우 속한俗漢에게 공양했구나!"

그리고 암자를 불질러버렸다.

연꽃이 불교의 사상을 잘 표현하는 꽃으로 인정을 받는 이유는 진흙탕 속에서 피어나기 때문입니다. 진흙이 아니면 연꽃이 피어날 수 없듯이, 인간적인 감정이 없으면 견성도 성불도 지혜도 자비도 무르익을 수 없습니다.

　인정人情 속에서 참선을 하는 것이 진정한 지견知見의 힘입니다.

세상살이 참으로 오묘하지요?

〜

오탁악세에 핀 연꽃송이 위에 벌들이 난분분히 날아다닙니다.
사람들은 오직 예쁘고 고운 연꽃만 보고 싶어 합니다. 고고한
한 송이 연꽃에 시선이 닿았을 때 윙 윙 윙, 벌들이 정신없이
연꽃 위에서 날아다니는 모습을 보면, 벌들에 대해 어떤 생각
이 드시나요?

연꽃이 주인공일까요?
벌들이 주인공일까요?
사실 둘 다 주인공은 아니고, 그냥 둘 다 똑같은 세계의 존
재일 뿐입니다.
구별하고 분류해야지 하는 순간 이상하게도 의식하던 진짜
주인공은 사라져 버립니다.
공동체 사회 속에서 살다보면 가끔은 '너다! 나다!'로 힘들
지는 않으신가요?
여럿이 있을 때 주인공이라고 생각하지 마세요.
모두 다 주인공이기 때문에 누가 주인공인가 시시비비를 하

는 순간 어긋나 버립니다.

연꽃은 연꽃대로, 꿀벌들은 꿀벌들대로 세상살이에 다 필요하고 소중한 존재들이지요.

누구 하나가 주인공이 아니고 모두가 다 주인공입니다. 모든 존재가 주인공인, 그래서 재미있는 세상살이, 참 오묘하지요?

어머니의 선물

나는 어머니에게서
세상을 선물 받았습니다.

너무 어려서 철이 들기도 전에 받은
아니 태어나면서부터 받은 선물이라서
선물인지도 몰랐습니다.

그렇게 큰 선물을 하고도
어머니는 내게 선물한 줄도 모르고 사셨습니다.

우리는 피차가 주고받은지도 모르고
그렇게 한평생을 살았습니다.

내가 어머니 나이가 되고 보니
이제야 알게 되었습니다.

나는 누구에게 그런 큰 선물을 주지 못했습니다.
세상을 선물할 수 있는 사람은
아무나 되는 것이 아닐 것입니다.

하나님이나 그런 큰 선물을 하는 줄 알았는데
그 하나님이 나의 어머니인 줄
이제야 알았습니다.

내가 철이 들어서 알았을 즈음에
어머니는 이 세상에 아니 계십니다.

지금은
하늘도 어머니로 보이고
나무도 어머니로 보이고
산도 강도
모든 것이 다 어머니로 보입니다.

내 것은 하나도 없고
오직 어머니 것으로만 보입니다.

_대안 스님의 '어머니의 선물'

고관절과 다리가 부러지고, 괴사로 뼛속 깊이 신음할 때도, 1초가 1년처럼 긴 고통의 순간, 참다 참다 얼굴은 정신없이 흔들리고 손이 허공을 휘저을 때도, 정작 아무 말도 아무 기도도 할 수 없었던 자식 앞에 오로지 이를 악물고 어머니가 참을 수 있었던 것은 금쪽같은 자식이 바로 곁에 있었기 때문일 것입니다.

모든 것이 무상하다는 것을 다시 한번 가르쳐주신 나의 어머니, 사랑합니다. 참으로 고맙습니다. 당신은 나에게 진실로 참 좋은 인연이었습니다.

나무아미타불, 나무관세음보살.

견생犬生! 사연이의 숨겨진 삶

사람 여러분, 새옹지마塞翁之馬가 무슨 뜻이지요?

스님이 저한테 '새옹지마, 새옹지마' 하시는데 잘 몰라서요.

저희 엄마 복자는 혈통 깊은 진돗개랍니다. 마차산 무심정사에 강아지 때 들어와서 햇수로 4년째, 청정하고 맑은 도량에서 마음껏 뛰어놀고 행복하게 살았답니다.

어느 날 인연을 만나 엄마가 되어 저희 남매 5마리를, 그것도 오뉴월 삼복더위에 힘들게 낳아주셨지요. 늘 문 없는 산속 깊은 이 도량을 24시간 철저히 보초 서시는 카리스마 넘치는 울 엄마.

처음엔 무척 행복했어요. 그냥 언니 오빠 동생이랑 엎어지고 뒹굴며 노는 게 제 할 일이었어요. 그랬는데 제 견생犬生에 최대 위기가 닥쳤습니다. 위기는 어느 날 돌연 저에게만 찾아온 거예요. 그때부터 제 운명은! 놀라지 마세요.

제 모습이 어느 날 이렇게 괴물처럼 변했어요.

몸이 긴 지렁이 같은 놈이 톡 톡 톡 저를 건드리기에 이건 또 무언가 하고 앞발로 건드렸는데, 제 코와 목, 다리를 따끔 물었어요. 그 녀석은 독뱀이었습니다.

스님이 저를 데리고 동물병원에 가서 하루 종일 주사 맞히고 칭칭 붕대도 감아주고…… 다들 제가 죽는 줄 알았대요. 제얼굴이 퉁퉁 붓고…… 예쁘고 날씬한 제 얼굴과 몸매가 이렇게 흉하게 괴물로 변했답니다.

그리고 저의 불행은 그때부터 시작되었습니다.

무심코 가족들이 있는 우리에 갔더니 마치 기다렸다는 듯이 저의 아픈 목을 질겅질겅 피가 줄줄 흐르게 물고 돌려치기 하는 거예요. 얼마나 아픈지 큰소리로 비명을 지르니 광명 스님이 당장 작대기를 가지고 와서 휘휘 휘저으시고는 얼른 저를 안고 데려가시더라고요.

지금도 스님의 말씀이 귓가에 생생합니다.

"아이고, 저 무지한 놈들. 네 마리가 한 마리를 집단으로 공격하네. 집단폭행이 저런 거 아녀. 저놈들 아픈 데를 계속 물고 늘어져서 안 놔주는 거 좀 봐! 에고 저러다 뱀에 물려 죽는 것이 아니라 저놈들 땜에 죽겠네."

미소방에 와서 하룻밤 내내 또 죽을 둥 살 둥 아팠습니다. 제 운명은 도대체 왜 이리 파란만장한 건지, 나도 엄마한테 가고 싶고, 오빠 언니들과 놀고 싶은데 갑자기 원수지간이 되어 버린 거예요. 흑 흑!

두세 달이 지나자, 잘생기고 멋진 제 형제들은 다 주인을 만

나서 무심정사를 떠나갔어요.

저요? 이렇게 스님의 가호 아래 절 도량을 맘대로 뛰어다니면서 잘살고 있어요. 똥배도 빠지고 날씬하고 예뻐졌지요. 스님이 제 목에 예쁜 방울도 걸어주시고요. 여기까지가 무심정사 지킴이의 숨겨진 삶이었답니다. 히!

우리 광명 스님이 제게 이런 말씀을 하데요.

"사연아, 옛말이 하나도 그른 게 없구나. 잘생긴 나무가 먼저 베어나가고 못생기고 삐뚤삐뚤한 나무들이 산을 지킨다더니만. 사연아, 새옹지마라고 결국 네가 이 도량을 지키게 되었구나."

사람 팔자 누구도 모른다지만 개 팔자도 정말 아무도 몰라요. 근데, 새옹지마가 뭐이래요. 스님은 가끔 혼자 중얼거립니다.

"역경이 순경이 되고, 순경이 역경이 되는 파노라마 인생살이, 좋다고 웃을 일만도, 나쁘다고 울 일만도 아니라네."

욕심으로 하는 고가 천도재

꧁

제발 천도재 귀신은 되지마시기 바랍니다. 망자에 대한 애정이나 미안한 마음은 존중하지만, 무당집 굿처럼 현실도피로 하는 고가의 천도재는 하지 마세요.

오백만 원, 천만 원을 호가하는 천도재를 지냈는데도 결국 빚만 늘고 마장만 늘어 앞뒤 좌우 자꾸만 막히니 집안에 상서로움은커녕 불행과 역경만 닥쳤다는, 소위 똑똑한 척하는 헛똑똑이 불자님들을 많이 보았습니다.

그리고 이것은 소위 유명 퇴마사 스님을 찾아다니며 천도재로 만사형통할 욕심으로부터 일이 시작됩니다. 예를 들어 자식이 자꾸만 시험에 떨어지니 천도재를 지내면 덜컥 붙는다는 한마디에 남편 몰래 천도재를 하고, 그런데도 또 시험에 떨어지니 '이 스님은 가짜야!' 하고 다른 절의 영험하다는 스님을 찾아다니면서 천도재를 지내는 분들이 있습니다.

자식이 떨어지는 것은 자식의 노력 부족이고, 덧붙여 부모가 제대로 가르치지 않았기 때문이지 않겠습니까. '잘 되면 자기 덕이고 안 되면 조상 탓'이라더니, 왜 조상님에게 후손을 나쁘게 했다는 누명을 덮어씌우는 것입니까.

재는 베풀어 주고 베풀어 받는다는 뜻입니다. 어느 땐가 내 조상이었던 분들이 다시 이 세상에 와서 중생이 되었기에, 모든 존재와 공덕을 주고받는 것이 천도재입니다. 따라서 주변은 물론이고 모든 중생들에게 자비롭게 대하는 것이야말로 진정한 천도재라고 할 수 있지요. 몇 분의 바라지 스님을 불러다 열심히 염불하면 만사형통, 소원성취, 벼락부자가 되는 줄 알고 있다면 큰 착각이고 큰 어리석음입니다.

어떠한 신통력으로도 꺼트릴 수 없던 가난한 여인의 소박한 등처럼, 물 한 그릇이라도 정성이 가득 고여야 하고, 항상 남에게 보시행을 습관처럼 해야 하고, 내 이익보다 다른 사람의 이익을 먼저 생각하고 대가를 바라지 않는 보시를 하는 그 선연이 모이고 모여서 훈습이 되어야 합니다.

그리고 어느 절이나 조상님들을 위하여 1년에 한 번 백중기도 불공을 올립니다. 그때 적건 많건 정성껏, 선망조상들이 고통에서 벗어나 극락왕생하시길 기도하는 것도 현명한 천도재입니다.

우리 절에 띄엄띄엄 오는, 자살한 남동생 영가가 있는 누나가 어려운 형편이라 백중날 법회 참석을 권했더니,

"스님, 전 합동으로 안 할래요. 나중에 큰돈 벌면 내 동생 단

독으로 근사하게 해줄 거예요."
라고 하였습니다.

이 분 때문에 이 글을 쓰게 되었습니다. 그러니 우리를 깨우쳐 준 선지식입니다. 이런 말이 있지요. 제자이며 스승, 부모이며 자식, 아내이자 남편. 인연의 바다에서 현명하게 서로의 공덕을 주고받는 것이 천도재이지 물질의 크기와는 별개임을 기억하셨으면 합니다.

나무아미타불, 나무아미타불, 나무아미타불!

아버지의 술잔에는 눈물이
절반이었습니다

～

아버지의 술잔에는 눈물이 절반이었음을
한참을 지나고 한참을 지나서,
어느 날 잘난 내 무릎이 꺾이고 나서야
겨우 알았습니다.
홀로 드시던 술잔에는 눈물이 절반이었음을.

"세존이시여. 여래는 삼계의 큰 스승이요, 사생의 자애로
운 아버지이시기에 뭇 사람들이 귀의하여 존경하옵는데
어찌하여 한 무더기의 저 마른 뼈들에 절을 하시옵니까?"
부처님께서 아난에게 말씀하기를,
"네가 비록 나의 상족제자로서 출가한 지 오래이지만 아
는 것이 아직 넓지 못하구나. 이 한 무더기의 마른 뼈가 내
전생의 조상이거나 누대의 부모님 뼈일 수가 있기에 내가
지금 절을 하는 것이다. 아난아, 네가 이 한 무더기의 마른
뼈를 가지고서 둘로 나누어 보아라. 만일 그것이 남자의
뼈라면 빛이 희고 또 무거울 것이요, 만일 여자의 뼈라면

빛이 검고 또 가벼울 것이다.
_『부모은중경』 중에서

부모님에 대한 부처님 말씀을 다시 음미하며, 돌아가신 세상 모든 아버지 어머니의 극락왕생을 비옵니다. 나무아미타불, 나무아미타불, 나무아미타불

미소방에 날아든 새 한 마리

요즘 하늘만 바라보아도 날마다 변화무쌍한 흰 구름 먹구름.

장마철 구름의 얼굴은 도무지 알 수가 없습니다.

오늘이 초하루라 아침에 문을 열어놓고 청소를 하는데, 갑자기 새 한 마리가 허공인 줄 알고 미소방으로 들어와서는 제 풀에 놀라 한참을 푸다닥거리며 여기저기 부딪칩니다. 얼마나 놀라고 답답하고 불안했는지 생 똥을 발사합니다. 똥을 찍찍 싸면서 몇 번을 유리창이 허공인 줄 알고 날아오르다가 포기하고 유리창 너머 넓은 창공을 바라보고만 있네요.

멘탈붕괴 상태인 작은 새, 저러다 스스로 놀라서 죽으면 어찌할까 염려가 되었습니다. 잡으려고 해도 몇 번을 푸다닥 날아오르며 도망가다가 결국 스님 손에 잡혔습니다.

유리창을 열고 날아가라고 손바닥을 펴도 달달달 떨고만 있는 작은 새!

"바보야! 날아가라니깐."

그래도 한참을 아주 작은 발톱으로 부르르 평행감각을 지탱하고 있는 작은 새!

할 수 없이 허공으로 던져주었더니 푸다닥 꿈인가 생시인가 하다가 결국 힘차게 날아올라가네요.

아주 잠깐 만난 작은 새의 느낌이, 이쑤시개처럼 약한 새 발톱의 촉감을 느끼는 순간 무명無明이라는 단어가 왜 생각이 났을까요?

우리의 삶이 늘 스스로 불안하고 답답하고 두려워하는 것이, 어쩌면 손바닥에 있어도 날아가지 못하는, 마치 바들바들 떠는 저 이름 모를 작은 새처럼 느껴졌습니다.

무명의 반대편은 뭘까요? 대자유, 큰 지혜와 큰 광명이겠지요.

오늘도 더 열심히 정진하겠습니다.

나무아미타불, 나무아미타불, 나무아미타불.

훨훨

~~

갑자기 사연이가 컹컹 짖어댑니다. 평일인데도 누군가 절에 참배하러 오는가 봅니다. 오시는 분마다 손에는 꼭 무언가 들고 오시니 법당에 자꾸만 뭔가가 쌓입니다.

서정범 거사님이 수레에 무거운 책 한 박스를 싣고 소요산 역에서 무심정사 언덕배기 도량까지 걸어서 오셨습니다. 절 입구 관음전에 정중히 합장하시고 짖는 사연이를 인자하게 바라보고 있네요.

의정부에서 홀로 사시며 열심히 정진하시는 서 거사님이 뭔가를 들고 환한 미소로 들어오셨습니다. 제목이 『팔정도』입니다. 책의 내용이 좋아서, 기도하다가 문득 무심정사에 법보시 해야겠다는 생각이 드셨답니다.

수레를 빌려 전철을 타고, 다시 30분 거리의 비탈길을 걸어서 숨가빠하며 오신 60대 중반의 서정범 거사님. 얼마나 열심히 수행하시는지, 아침에 『금강경』 독경 3시간, 점심에 사경, 저녁에 『법화경』 독경 3시간을 하신답니다.

한때 출판업을 하셨는데, 스마트폰의 대세에 밀려 출판사들이 힘든 상황이고, 결국 자신도 부도가 나서 부인과 이혼하고 홀어머님을 모시며 기초생활대상자로 살고 있는데, 어머님이 지금 병원에서 투병중이시라고 합니다.

"스님, 제가요, 어머님께 평생 제대로 자식노릇도 못해드립니다. 허허허."

부도가 나서 빚만 남으니 혈육조차도 다 떠나고, 부처님은 안락한 왕궁도 버리고 출가하셨는데, 이를 교훈 삼아 다시 마음을 고쳐먹고 '내 복이 이것뿐인 것을'이라며 자족하셨답니다. 기도할 때 항상 헤어진 전 부인과 두 따님을 위해 발원하며, 그나마 자식 된 도리를 하려고 평생을 고생하시다 쓰러진 어머님을 병간호하셨답니다.

기저귀를 갈아드리며 간병을 2년 정도 하였는데, 늙고 병약한 거사님조차 덜컥 병에 걸려서 결국 어머님을 요양병원에 모셔드리고 당신은 집에서 기도만 열심히 하고 계신답니다. 이번 겨울 추위로 어머님이 감기 합병증으로 폐렴이 와서 중환자실에 계신다며, 돌아가셔도 사실 조문오실 분이 거의 없고 상황도 여의치 않아서, 복지 담당자를 만나 자기 같은 경우에 적합한 장례절차를 상담하려 한다고 하시네요.

어차피 생로병사는 누구나 한 번쯤 겪는 일이니 마음의 힘 잃지 마시고, 딱히 상황이 어렵고 장례병원도 여의치 않으면 일단 무심정사로 모셔 오라고 하였습니다. 스님인 제가 입관

하고 염하고, 3일 동안 법당 영가단에 안치하고, 마지막 날 아침상식上食만 올리고 화장장에 가면 된다고 거사님께 이야기했습니다. 돌아가신 분을 뵈러오는 분들에게는 미소방을 써도 된다고 흔쾌히 말을 해주었는데, 거사님은 웃으면서 손을 휘휘 내젓습니다.

"내가 지어놓은 복이 없으니 나는 상관없는데, 우리 어머님에 대한 자식 된 도리는 기도를 하면 할수록 점점 더 사무친다."고 말씀하시네요.

거사님은 날마다 닦는 수행이 이제는 습이 되어 죽음에 대한 자신의 마음도 정리가 되고, 오히려 날마다 매순간 마음이 평온하다고도 하였습니다.

소요산역에서부터 걸어와서, 환하게 웃으시며 빈 수레를 끌고 홀로 가시는 뒷모습이 참으로 평안해서 제게는 환희로웠습니다.

또 사연이가 컹컹 짖어댑니다. 다른 거사님이 참배를 오셨네요. 오늘은 평일인데도 '거사님 Day'인가 봅니다.

양손에 고무장갑

어떤 시어머니가 아들 집에 가서 초인종을 눌렀습니다.

그때 며느리는 안 나오고, 아들이 빨간 고무장갑을 끼고 나와서 반갑게 인사했습니다.

"어머니, 웬일이세요? 어서 오세요."

"아니, 지금 니 모양새가 그게 뭐니?"

"집사람이 몸이 좀 불편하여, 제가 설거지를 하고 있습니다."

그러자 열이 오른 어머니가 버럭 고함을 질렀습니다.

"이런 쓸개 빠진 놈 같으니라고, 내가 고생고생 키워 대학까지 보내주었더니 고작 설거지나 하고 있으니, 에라 이 바보천치 빌어먹을 놈아!"

화가 난 어머니는 아들 집으로 들어가지 않고 딸네 집으로 방향을 바꿨습니다.

초인종을 누르자 이번에는 사위가 빨간 고무장갑을 끼고 나왔습니다.

"장모님 안녕하세요? 어서 오세요!"

"아니, 지금 자네 모양새가 그게 뭔가?"

"아내가 몸이 좀 불편하여, 제가 설거지를 하고 있었습니다."

그 말에 어머니는 마냥 행복해하면서 이렇게 말했습니다.

"암, 그래야지. 부부는 어려울 때 서로 돕고 사는 게야."

그리고 이런 속말을 합니다.

'사위 그놈 참 착하네. 우리 딸이 시집 한번 제대로 잘 갔어.'

남자들이 고무장갑을 낀 것은 같은데, 그 집이 어디냐에 따라 이렇게 다르네요. 하하하!

시어머니와 며느리 사이든, 딸과 엄마 관계든, 모든 가족이 다 귀한 부처님입니다.

자식 너무 의지하지 마세요

❧

어제 저와 차담하신 노보살님 이야기입니다.

　그분을 보니 한 송이 고운 장미꽃이 연상이 되더군요. 나이
는 드셨지만 차분하고 우아하고 고와 보이는, 호주시민권을
가진 70대 후반의 홀로 사시는 분입니다. 마지막은 고국 땅에
묻히고자 한국으로 역이민 오신 것입니다.

　그런데 호주에서 살고 있던 아들이 느닷없이 한국에 와서
돈 벌겠노라며 처자식을 버리고 따라 왔다고 하네요.

　아드님이 한국에 와서 경험 없는 주유소 사업에 뛰어들었는
데, 10년이 지난 지금은 강남에 있던 집도 날아가고, 의정부와
양주의 집도 다 날아가고, 현재 동두천에서 2천만 원 전세로
살고 있다고 합니다.

　아들은 아침에 나가면 하루 종일 어디를 쏘다니는지 감감
무소식이라고 합니다. 그 스트레스로 보살님은 눈의 시신경이
눌려서 이젠 시력도 가물가물하다고.

　"스님, 우리 아들이 언제쯤 풀릴까요?"

　질문에 간절한 어머니의 마음이 느껴집니다.

"이야기를 들으니 아직 정신 못 차렸어요. 보살님, 어머님이 돌아가시면 그제야 정신이 들어 호주로 돌아갈 것입니다. 그러니 이제 자식 걱정일랑은 던져버리시고 당신 가시는 저승길이나 잘 닦으세요."

"저 죽기 전까지 아들은 전혀 가망이 없다는 이야기세요?"

"제가 보기에는 아드님보다 보살님 건강이 더 문제예요. 그러다 쓰러지면 누가 뒷감당해주나요?"

"그래서 제가 항상 자다가 죽게 해달라고 기도하고요, 몸에 신경 많이 쓰고 있어요."

"보살님, 누군 쓰러지고 싶어서 쓰러지고 누군 기저귀 차고 싶어서 차나요? 치매 걸리고 싶어서 걸리나요? 쓰러지면 죽고 싶어도 죽을 수 없는 것이 인생이에요."

참으로 안타까운 사연입니다. 그 많던 재산을 탕진한 50대 중반의 아들 하나를 붙들고 사니 자식에 대한 집착이 강합니다. 제가 말씀을 드렸지만 귀에 제대로 들어갈 리가 없습니다.

협심증에 혈압에 허리도 안 좋고 눈까지 잘 안 보이시는 보살님, 절 마당에서 그저 가만히 포옹해드렸습니다.

'자식 너무 의지하지 마세요. 잘 되어도 내 복, 안 되어도 내 복입니다. 오직 진리에만 의지하세요.'

운명을 바꾸는 비밀

～

마음을 좋은 쪽으로 잘 사용해 보세요. 내 표정이 달라지고, 내 모습이 바뀌며, 내 삶이 달라집니다. 마음이 맑고 깨끗하면 몸이 청정해지고, 내 몸이 청정해지면 내 앞의 모든 중생이 청정해집니다.

팔자와 운명도 이 마음 씀씀이로, 기도와 수행으로 바뀌게 됩니다.

운명을 바꾸는 비밀을 모르고 불법 공부를 한다고 큰소리치는 사람들은 늘 그 자리, 그 속에서 금쪽같은 시간만 낭비하고 있는 것입니다.

경전 한 구절 한 구절에서 샘솟는 법열을 맛보고, 같이 기도하고 수행하는 도반들과 즐거움을 나누는 것, 이것이야말로 내 운명을 행복하게 바꾼 것 아닐까요?

모두들 참 좋은 인연입니다.

유쾌, 상쾌, 통쾌!

ᴥ

법당에서 경을 독송하고 있는데, 한 보살님이 조용히 들어와 서 108배를 합니다. 흐르는 땀을 식히느라 모처럼 차담을 하였습니다.

"스님! 오늘은 절이 정말 조용하네요? 덕분에 스님과 이리 이야기도 할 수 있는 영광의 기회가 왔네요. 스님, 있잖아요, 제가 신산리에서 장미꽃 비닐하우스를 하잖아요? 근데요, 오늘 오전에 집배원 아저씨가 절 보고요, 호호호. '아니, 이렇게 뜨거운 대낮에 비닐하우스에서 덥지 않으세요?' 하는 거예요. 그래서 저는 '이것도 고맙지요.' 했거든요.

그랬더니요, '아니 아주머니 뭐가 그렇게 고마워요? 이렇게 더운 곳에서 고생을 하는데요?' 그 아저씨 눈에는 제가 고생한 다고 보였나 봐요. '이나마 일할 수 있는 게 어디에요? 제가 몸이 아프면 이것도 못하잖아요.' 그랬는데, 이번에는 후끈후끈한 제 하우스를 보시더니 눈을 더 동그랗게 뜨고서는 더 큰 목소리로 '아니 돈 벌어줄 꽃봉오리들이 하나도 없는데 아줌마는 뭐가 그리 고마우세요?' 하잖아요. 호호호. '이 세상에 저절로 되는 게 뭐가 있겠어요? 아저씨 지금은 꽃들이 피지 않아서 그렇지 이렇게 비료를 주고 돌보면요, 가을에 꽃을 수확하니 고생하는 이것도 너~무 너무 감사하고 고마운 일이지요. 살면서 저 밑바닥을 겪어보면 일할 수 있는 이것조차도 얼마나 고맙고 감사한지요. 스님, 이렇게 말했어요. 호호호."

어찌 보면 애절한 이야기인데도, 저는 한동안 배꼽을 쥐고 웃었습니다. 왜냐면 말하는 보살님이 눈도 작은 데다가 중간중간 사투리를 섞어가면서 표정까지 보태어 말하니, 얼마나 웃었는지 아픈 머리가 맑아졌습니다.

사바세계 고통의 흙탕물에서 연꽃을 피운 박 보살님 덕으로 유쾌, 상쾌, 통쾌했습니다. 모든 법우님들도 유쾌, 상쾌, 통쾌한 하루하루 되시길 기원드립니다.

취사병의 일기

～

군복 위에 앞치마를 두른 저는 취사병입니다.

먹는 사람이야 쉽지만, 식사를 준비하는 이들은 맛있는 반찬을 만들기 위하여 재료부터 양념까지 108가지 공을 들입니다. 게다가 더운 여름철이면 요리(?)하는 사람은 신경쓸 게 많고 더 힘이 듭니다.

장병들 중에 "잘 먹었다", "맛있다!" 이 말을 해주는 이들이 별로 없습니다. 사실 조금 서운하기도 합니다. 취사병이 되어서야 반찬 투정을 부렸던 철없던 때가 떠오르고, 엄마의 맛있는 집밥이 고마웠다는 것도 알게 되었습니다. 정성이라는 눈에 안 보이는 노력이 최고의 엑기스라는 것도 덤으로 알게 되었습니다.

힘들게 반성하고 개선하고 뭔가 맛난 음식을 배식해 주면서 뿌듯하고, 내가 안 먹어도 동료가 먹어주니 행복해지고……
부처님! 제 배가 이상하게 안 먹어도 저절로 불룩해집니다.

주는 것이 얼마나 행복한지요. 보람이라는 게 우리들 눈에는 잘 안 보이지만, 간단한 한 끼 식사를 준비하는 것도 얼마나 큰 노력과 많은 사람들의 수고로움이 들어갔는지 알게 되는 것이 행복입니다. 돌아서면 다시 저녁밥을 준비해야 하는 취사병들의 고달픔도, 전역하고 나면 이 또한 진한 추억의 그리움으로 남겠지만 말입니다.

군인의 본분인 훈련도 열심히 하고 맛있는 음식을 준비하는 것도 열심히 합니다. 세상살이는 결국 쉬운 일보다 남들이 하기 어려운 일을 스스로 하는 것이 훨씬 더 보람있고 행복하다는 걸 알았습니다.

부처님! 행복은 원래 남들이 하기 싫은 것 속에 꼭꼭 숨어 있는가 봅니다.^^ 충성!

내 스스로 가시나무새가 되지 마세요

젊은 부부가 모처럼 절에 참배하러 왔습니다.

결혼 후 2년 동안 열심히 맞벌이하여 월세에서 전세로 옮기며 알콩달콩 살았는데, 어느 날 남편이 직장에서 짤리는 바람에 마트 알바에서부터 이것저것 해보았지만 힘만 들고 수입이 신통치 않아서 결국 포기…….

부인이 돈을 벌어오고 자신은 집에서 지내니 1년 동안 우울증을 심하게 앓았나 봅니다.

"스님… 제 성격이 점점 변해 가는데, 제 스스로도 미치겠더라고요. 집에 하루 종일 틀어박혀서 먹는 둥 마는 둥…. 괜히 화가 나고, 다 부숴버리고 싶고, 신경이 날카로워지고. 내가 이럴려구 결혼했나. 내 꿈은 뭐였지? 아기도 돈이 있어야 키우고 하는데, 왜 직장에서 짤렸지? 난 뭐지… 그동안… 왜? 왜?

부인도 눈에 안 들어오고 하루 종일 빈집에서 먹는 것도 대충대충…. 그땐 정말로 창문에 들어오는 따스하고 눈부신 햇빛조차 싫었습니다. 말수는 없어지고 원인모를 강박관념과 불안, 그리고 신경은 극도로 날카로워지면서 화가 불끈 치밀어 오르고… 이런 내가 싫은데도 정말 미치도록 조절도 잘 안 되고… 스스로 죽고 싶다는 생각밖에는요. 가끔씩 TV에 총으로 따따따… 이유도 없이 죽이는 사람들 있잖아요? 정말로, 정말로 그런 사람들이 난생처음으로 이해가 되었어요, 스님.

그래서 장인 장모님에게 자주 찾아뵙지도 못하고 두문불출. 그러다 한 달 전에 큰맘 먹고 아버님(장인) 찾아뵙고 인사드리고는 죄송하다고 했더니, 사실 아버님께 싫은 소리를 들을 각오를 했는데, 아버님의 말씀 한마디에 속으로 너무 놀랐고, 그리고 사실 너무 좋았어요."

"첫마디가 뭔데요?"

"놀아."

"네?"

"자네가 열심히 했는데도 안 되는 거잖아. 그러니 편안하게 놀아."

"아버……님?"

"자네 나이 아직 젊은데, 평생 놀 거 아니잖아. 어쩌면 이렇게 노는 시간도 자네 인생에 얼마 없을 것 같구, 이렇게 노는 거도 쉽지 않을 것 같구, 놀 수 있을 때 놀아. 걱정 말구."

"처갓집 아버님이 정말로 지혜로우신 분이시네요!"

"네, 그 말을 듣는 순간 갑자기 제 시야가 환하게 밝아오는 거예요. 사실 본가보다도 처갓집 어른들한테 정말 죄송한 생각뿐이었거든요. 곱게 키운 따님 주신 것도 황송한데, 1년 동안 생활비도 못 갖다 주고 고생만 시켰잖아요.

그래서 이렇게 부처님께 오는 발걸음도 가벼워지고, 저번 주에는 아랍에 나가서 일하는 회사에 합격이 되었어요. 비록 저희가 떨어져 살아야 하지만 정말로 열심히 살기로 서로 다짐했어요. 이제는 그 무엇이라도 할 수 있다는 자신감이 생겨요. 그리고 어느 순간 스스로 감사하는 긍정적인 저를 발견하게 되더라고요. 정말로 내가 일할 수 있을 때가 가장 소중하고, 진짜로 뼈저리게 행복하다는 것을 1년이라는 백수기간 동안 처절하게 느꼈나 봐요.

스님, 정말 이젠 그냥 막연히 그날그날 직장 다닐 때보다 하루하루 마음에서 감사하고 보람 있게 더욱 잘할 수 있을 것 같아요."

"우울증은?"

"어느 날 마치 신기루처럼 스스로 없어지네요. 그동안 제가 너무 정신적으로 약하고, 살아오는 동안 투정이나 부리며, 사실 편했었나 봐요. 제 스스로 강박관념과 무기력, 그리고 사람들과의 대인관계 공포증에 자신감도 없고, 누가 싫은 소리 한마디만 해도 죽고 싶고, 늘 신경이 날카롭고 폭발할 것만 같았던 그때가 지옥이었죠."

"이 연등은 자비나눔 솔잎축제 할 때 우리 봉사자님들이 묵묵히 비벼서 만든 등인데요. 선물이에요. 행복은 스스로 노력하는 자들의 선물이라는 거 명심하세요. 하하."

법당 등을 신청하면서 아무 말 없이 듣고 있던 부인이 불전함에 올리고 간 편지봉투에는 보시금과 함께 짧은 발원이 적혀 있었다.

물질적인 건 전혀 바라지 않습니다.

어찌 제가 감히 부처님께 바라겠습니까.

그저 건강 하나면 감사할 따름입니다.

욕심 부리지 않고 베풀 수 있게 도와주세요.

참으로 이쁘고 고운 부처님 마음이지요?

이 가정에 이젠 그 어떤 고난이 다가와도 스스로 이겨내며

행복의 나날들만 펼쳐질 것 같지 않나요?

3.
삶의 열매, 가을

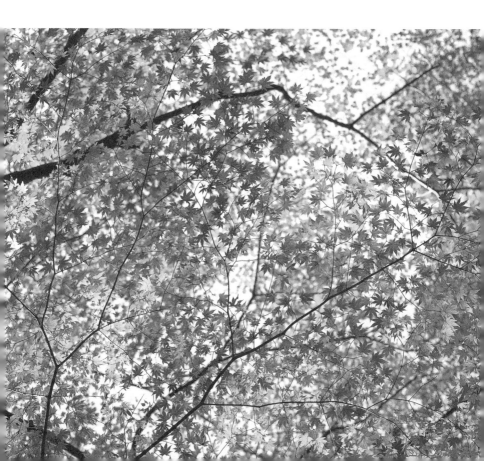

아름다운 꼴찌

가을 운동회 날이 되었습니다.

초등학교에 다니는 내내 꼴찌만 한 아이가 있습니다. 6학년 기국이입니다.

기국이는 연골무형성증이라는 병이 있는 지체장애 6급의, 몸이 불편한 친구입니다. 또래들보다 작고 통통하다 보니 체육 성적이 좋지 않습니다. 늘 그래왔듯 초등학교 마지막 운동회도 기국이가 꼴찌로 장식하겠구나, 기국이 주변의 사람들은 그렇게 생각하고 있었습니다.

5명이 출발했습니다. 여전히 마지막 주자로 달리는 기국이가 이번에도 꼴찌를 면하지 못할 것만 같습니다.

그런데 이게 웬일인가요? 아이들은 출발한 지 30미터 정도 지난 뒤 갑자기 멈춰 서서, 기국이를 기다렸습니다. 그리고 꼴찌로 달려오던 기국이의 손을 잡고 함께 뛰기 시작했습니다.

6년 동안 항상 꼴찌를 도맡던 친구를 위해, 4명의 친구들이 깜짝 선물을 계획한 것입니다. 기국이와 친구들은 결승선까지 다 같이 들어와 공동 1등을 했습니다.

처음 1등을 해 본 기국이가 감격하고 친구들이 고마워서 그만 울음을 터뜨렸습니다. 이를 지켜보던 가족들도 눈물을 멈추지 못했습니다.

이 세상은 치열한 경쟁구조이지만 서로 조금씩만 양보하면 모두가 1등을 할 수 있다는 것을 오늘 운동회에서 초등학생들이 가르쳐주는군요.

"혼자 가면 빨리 갈 수 있지만 함께 가면 멀리 갈 수 있다"는 아프리카 속담이 생각나는 하루입니다. 세상은 아직도 아름답고 맑은 영혼이 곳곳에서 보석처럼 빛나고 있습니다. 부처님 가르침을 알고 있는 우리가 다른 사람을 향해서 연민과 자비심으로 손을 내밀 때 너와 나는 하나가 될 수 있습니다.

성서에도 마음이 가난한 자가 하늘나라를 가질 수 있다고 하였지요. 주면서도 행복한 사람이 있는가 하면 받으면서도 더, 더, 더 하며 불행한 사람들이 있습니다.

꼴찌를 해도 아름다운 우리 세상! 역시 불국정토는 그 누구도 아닌, 바로 우리가 만든다는 거 확실하지요?

명상

아무것도 하지 않으면서
지금 이 순간 깨어있는 것.

이것을 명상이라고 합니다.

"이얍!" 힘내세요! 철수 씨

아침 일찍 포천 금동리를 향해서 운전대를 잡았다. 무거운 쌀한 포대를 싣고 길을 나섰다. 여름내 여기저기 계곡에서 장사를 하던 곳은 며칠 사이에 인적이 없고, 무성한 칡덩굴만 도로 사방에 정신없이 덩굴째 뻗어 있다. 도착하자 살이 20kg 빠진 우리 철수 씨가 눈을 동그랗게 뜨고 웃으면서 반겨준다.

원래 나는 칼칼한 커피 맛을 좋아하며 프림과 설탕을 넣지 않고 마신다. 그러나 철수 씨가 내놓은 노란 봉지커피는 아주 맛나게 마셨다.

철수 씨의 집 사정은 말도 못하게 어렵다. 가장이 5월에 큰 수술을 받았을 정도로 병이 깊어 수입이 없기 때문이다. 기초생활수급자로 받는 돈으로 어렵게 사는 형편이다. 산골오지에다 차가 없어 마트나 시장에도 마음대로 가지 못하는 철수 씨가 타준 봉지커피는 세상에서 가장 귀한 차다.

직업이 페인트공인 철수 씨는 여름내 몇 개월 반짝 일하고 1년을 먹고 살아야 한다. 한쪽 손이 장애인인 착하고 부지런한 부인은 밭농사를 열심히 지어서 절에 청국장이며 총각무김

치를 해마다 시주해주신다. 두 사람은 그야말로 천사 같은 부부다.

"커피가 참말로 맛나네요."

"찾아뵙지 못해 죄송해요, 스님. 올해는 병간호하느라 정신을 놓아버리고 얼마나 울었던지, 밭작물인 고추도 주인이 정신없는 것을 아나 봐요. 바짝 말라서 남의 집 반의 반도 안 되네요." 하고 부인이 대답한다.

쌀 한 포대를 내려놓고 앉아서 어색한 분위기를 바꿔보려고 이것저것 물어도 보았다. 불법에 대한 지식은 없어도 스님 말씀이라면 개떡을 찰떡처럼 무조건 믿는 해맑은 부부다.

일어서면서 철수 씨랑 악수를 하였다. 구부정하게 서서 배시시 웃으면서도 말을 못하는 철수 씨 손아귀에 힘이 하나도 없다.

건강을 축원하고 돌아오는 길이 가슴 아프다.

"모든 중생이 고통에서 벗어나기를, 모든 중생이 고통의 원인에서 벗어나기를."

나무아미타불 관세음보살.

진정한 도반

~

도반道伴은 같은 길을 걸어가는 사람들을 일컫는 말입니다

부처님께서는 "과연 도반이 너희들의 수행에 얼마나 큰 도움을 준다고 생각하느냐?" 하고 제자들에게 질문을 하였습니다. 그러자 제자들의 대답이 분분합니다.

"절반입니다."

"3분의 1입니다."

....

묵묵히 듣고 계시던 부처님께서 말씀하시기를,

"도반은 수행의 전부이니라."

개떡같이 이야기해도 찰떡같이 이해하고 격려해주는 도반, 법우님들은 지금 곁에 이생에 만난 참 좋은 인연인 도반들이 있습니까?

자꾸만 발심하면 욕심도 서원이 됩니다

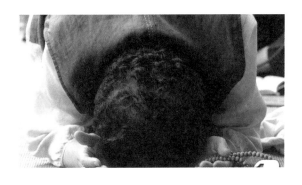

"스님, 말도 잘하고 예의바르고 이쁜 내 손주가 글쎄요, 지금 강남 세브란스병원에서 식물인간처럼 눈만 끔뻑끔뻑하고 누워 있어요. 흑."

태희 할머니가 말을 이어가지 못하고 흐느끼십니다. 외동딸이 첫째 아기를 유산한 후 2년 동안 기다렸다가 낳은 손자 태희가 안타깝게 뇌수막염에 걸렸다고 합니다.

"고열과 오한이 나서 애 엄마가 그저 감기인 줄 알고 감기약만 먹였답니다. 지방에는 큰 병원도 없고요. 의사선생님 말씀이, 골든타임을 놓쳐서 뇌에 많이 퍼졌다고 합니다. 어쩌면 좋아요. 어쩌면 좋아요. 스님!"

태희 아빠는 5년 동안 맞벌이를 하면서 동두천 보산동에 있는 직장에 다녔습니다. 그런데 회사에서는 태희 아빠에게 그만두라는 뜻으로 멀리 지방으로 발령을 냈답니다. 재취업하기가 어려운 요즘, 그래도 살아볼 마음으로 발령받은 지방으로 이사 가서 젊은 부부가 악착같이 열심히 살았는데 갑자기 아이가 뇌수막염이라니, 이런 현실에 스님인 저도 딱히 위로할 말을 잃어 막막합니다. 그냥 같이 마음 아프기만 합니다.

세상에는 억울한 일들이 참 많지만 '부디 용기 내라'고 말하는 것은 입에 발린 말 같아 할 수도 없습니다. 태희 할머니도 왜 나에게 이런 일이 생기는지, 왜 열심히 사는 우리 딸에게 이런 엄청난 일이 생겼는지, 하시며 대성통곡합니다. 한참을 울게 내버려 두었습니다. 한참을 울고 나더니 진정이 조금 된 것 같았습니다.

"세상에 이런 일을 겪고 있는 따님 심정이 어떻겠어요. 자, 이제 보살님이 태희의 하나밖에 없는 외할머니시니 할머니답게, 오래산 사람답게 행동하셔야 됩니다. 당신 설움과 안타까움에 그저 울면서 걱정한다고 해결되는 게 아니잖아요. 요즘은 의학이 눈부시게 발달되어 100살이 되어도 잘 안 죽은 시대니까 태희가 병을 이기고 일어난다고 믿고, 부처님을 믿고 의지하며 소중한 태희를 위해서 기도하세요!"

얼마나 아프면 어린아이가 두 손가락을 움켜쥐고 병실 침대 시트를 자꾸만 긁는다고 합니다. 태희 할머니가 할 수 있는 마지막 말은 정해져 있지요. 저를 찾아오는 여러분도 아마 마지막 말은 똑같을 것입니다.

"스님! 기도 좀 많이 해주세요."

우리는 불법을 믿는다고 하면서, 갑자기 힘들어지면 신발 벗고 달려가 스님께 기도해달라고 떼를 씁니다. 스스로 먼저 부처님을 믿고 의지하며 기도하는 습관이 없습니다. 꼭 절에 와서만 기도가 되는 줄 알고 있습니다만, 그렇지 않습니다. 부처님 법에 귀의하였다고 하면서도 경계에 부딪칠 때마다 산산이 허물어지면, 결국 자신이 그동안 했던 수행은 공염불이요 엉터리라 말하는 것입니다.

고통은 수행자의 재산입니다. 고통의 경계를 부처님이 설하신 6바라밀로 뛰어넘어서 본인 스스로 깨달음을 얻어야 합니다. 이것이 우리가 인간으로 태어난 목적입니다. 우리는 늘 자신이 복이 없다니 박복하다니 하는데, 세상에서 "억!" 소리도 못하고 억울하게 급사하지 않는 이상, 또 아무런 이유 없이 병고에 시달리더라도 살아 있다면 다 복덕이 수승한 사람들이라고 생각합니다. 살아 있으면 모든 것은 늘 변한다는 진리로 인하여 어떻게 상황이 변할지 모르니까요. 어제의 고통이 오늘의 행복이 되는 것도 변화하기에 가능한 일입니다.

그나마 지금 여유가 있고 괜찮을 때, 평소에 건강해지려고 운동하듯이, 어느 상황에서건 열심히 자기 마음자리를 닦아야 합니다. 다음 생에서 하겠다는 것처럼 바보가 없습니다. 이번 삶에서 귀한 인간의 몸 받은 이때에, 자비와 지혜의 두 날개를 가질 수 있도록 수행해야 합니다. 그러기 위해선 결연한 의지가 있어야 합니다.

한 달에 한 번 초하룻날 절에 와서 이것저것 소원을 빌지 마세요. 작은 소원은 늘 아침저녁으로 기도하세요. 절에 와서는 좀 더 크고 광대하고 넓은 소원을 비세요. '모든 중생을 깨달음으로 이끌거나 모든 사람을 행복하게 하는 역할을 나에게 달라'는 큰 서원을 발원하세요.

큰 발심이 욕심같다고 자기 자신을 비하하지 마시고, 자꾸만 발심하고 노력하다 보면 나도 모르는 사이에 서원이 됩니다. 그리고 자신이 이생에서 걸어가야 할 길이 보일 것입니다.

오늘도 각자의 환경, 각자의 인연처에서 열심히 정진하시길 기도합니다.

제가 태희 할머니와 여러분에게 말은 그렇게 해도, 여러분들이 부탁하신 기도를 빼놓지 않고 늘 기도한답니다. 나무아미타불.

'다음에, 이 다음에!'라고 스스로
다짐하지 마세요

～

욕심이 많은 사람은 이익을 많이 구하기 때문에 고통과
번뇌 역시 많다.
욕심을 적게 부리는 사람은 근심 걱정이나 두려움이 없다.
온갖 고통과 번뇌에서 벗어나고 싶으면 마땅히 만족할 줄
아는 법을 늘 관찰하라.
_『유교경』에서

불행한 사람들은 늘 자기중심적이고 사사건건 자신도 모르
는 사이 비판적이다. 행복한 사람들은 혼자 있어도 편하고, 같
이 있어도 편하며, 마음이 넓고 늘 창조적이다.

불행한 사람들은 욕심과 집착이 남들보다 더 많은 사람들
로, 자신이 어리석으며 그 어리석음 뒤에 생존의 허망한 두려
움이 있다는 사실을 모른다.

그들은 스스로 손에 움켜쥐고 있어도 또 다른 무엇을 위해
항상 끊임없이 갈애하는데, 이는 이솝우화에 나오는 개처럼,
물에 비친 고기를 문 자신의 모습을 보고 짖다가 입에 문 고깃

덩어리까지 잃어버리는 어리석은 이들이다.

종교를 믿든 안 믿든 우리들은 행복하기 위하여 오늘도 살아간다. 허망한 무지개를 좇는 것을 행복이라고 보는 사람도 있고, 영혼을 위하여 뚜벅뚜벅 걸어가는 사람도 있다. 어느 쪽으로 삶의 방향성을 잡을 것인가?

이 가을 우리 스스로에게 질문해보자. 오늘도 불안하고 내일도 불안하며 동동거리고 살고 있는 우리들은 '내일…… 다음에…… 이 다음에…… 반드시 다음에는 할 거야!'라고 한다.

하지만 지혜로운 사람은 안다. 다음이란 없다는 것을. 있는 건 '지금'뿐이다.

시월의 마지막

눈부신 시월, 그리고 마지막 주.

인간과 세계의 모든 것은 태초에 하느님이 지으셨다는 말은, 별 생각 없이 지극히 쉬워서 많은 사람들이 믿고 따릅니다. 또 어떤 이는 따져 말하기를, 모든 것이 애초에 있게 된 것은 그저 우연한 사건이요, 아무도 그 이유를 찾을 수 없다고 합니다.

콩 심은 데 콩 나고 팥 심은 데 팥 난다. 선을 자꾸만 행하면 선업이 되고, 악을 자꾸만 행하면 악업이 된다.

오늘 내가 나를 위하여 진실한 기도를 하면서 스스로 정화시키고 마음을 조율하고 귀찮아하는 내 몸을 조복 받으면서 내 주변을 위하여 실천하고 회향 발원한다면, 그 가피는 고스란히 나에게 와서 씨앗이 되고 싹이 나며 꽃이 피고 열매를 맺습니다.

부처님은 말씀하셨습니다.

"나 아닌 것을 나라고 집착하면 그 때문에 괴로움이 일어나고 덧없음을 겪게 된다."

법우 여러분!

모든 악은 짓지 말고 모든 선은 힘써 행하며, 스스로 우리들 본래의 환한 부처 마음을 맑히면 나날이 극락이요 정토에 사는 길입니다.

이 가르침을 부디 잊지 마시고 오늘도 일터에서, 가정에서 늘 생각해주세요.

부처님은 눈에는 보이지 않지만 항상 우리들 등 뒤에서 나의 생각과 마음가짐, 그리고 나의 행동을 바라보고 있으니까요.

시월의 마지막 주, 각자의 인연처에서 오늘도 당당하게 주인공이 되시고 매초, 매 순간 늘 깨어 있는 하루가 되길 바랍니다.

정진합시다. 행복하세요!

항상 부드럽고 가장 인간적인 그분

~

산사의 바람소리는 저잣거리에서보다 더 크게 들립니다. 저잣거리에서는 바람이 지나가지만 산사에서는 풍경이 바람을 알아차립니다.

당당 댕댕, 맑고 청아한 풍경소리를 들으며 고요한 행복에 빠져봅니다.

성공하는 사람과 실패하는 사람의 차이를 오늘 아침 문득 생각해 보았습니다.

누구나가 성공하고 싶어 합니다. 누구나가 1등을 하고 싶어 하지요. 그런데 성공하는 사람은 정해져 있습니다. 한번 뒤돌아볼까요?

성공하는 사람은 열매가 익기도 전에 자랑하지 않습니다. 그 결과를 미리 크게 확대하거나 과장하지 않습니다. 겸손하기 때문에 오히려 심사숙고하고, 스스로 언행이나 모든 면에 되새김질을 여러 번 하지요.

실패하는 사람은 입으로 이미 장황스럽게 자랑합니다. 눈먼 돈을 꿈꾸거나 욕심으로 눈이 가려져 있는 사람들은 자랑하고 크게 부풀려 이야기해야 인정받는 듯하고, 실패할 두려움에서 벗어나려니 그럴 수밖에 없습니다. 두려움이 많은 사람은 잠깐의 성공은 할 수 있지만 결국 실패하게 되어 있습니다.

올해도 어느새 막바지를 향해 달려가고 있습니다.

저도 별로 해놓은 것 없이 시간이 지나가버렸다는 생각이 드는군요.

올 새해, 눈 오는 산사에서 부푼 꿈을 안고 '올해는 조금 나아지려나? 나아지겠지!' 하면서 기대를 가지신 분들, 정월불공기도에 동참하신 불자님들, 어떠신지요? 올 계획의 어느 정도나 이루셨나요?

성공하려고 노력하는 사람들, 자신이 하고자 하는 바를 위하여 도전하는 사람들의 눈빛을 본 적이 있습니까? 궁금하시다면 지금 당장 거울 속에 비친 자신의 눈빛과 얼굴을 한번 바라보세요.

어떻습니까? 성공할 것 같습니까? 실패할 것 같습니까?

중요한 것은 자신의 정신, 의지, 마음가짐입니다.

잠시 마당을 걷다가 심호흡을 합니다. 햇빛에 눈을 감아봅니다. 붉은색이 온 사방에 가득합니다. 우리가 생의 마지막 순간에 눈을 감으면서 아마 이런 것을 체험하리라는 생각이 듭니다. 임종 후에 빛…… 빛의 터널 속을 통과해야겠지요.

고마워집니다.

따스한 것은 참 좋습니다. 저 햇빛처럼 남들에게 이익을 주고 영원히 함께 행복해지는 사람이 있다면 그는 참으로 최고의 성공을 손에 쥔 사람일 것입니다.

대부분 자신의 오욕락五慾樂을 위하여, 혹은 가족들을 위하여 성공하려고 합니다. 오늘 문득, 내 성공은 과연 어떤 모양일까, 생각을 해봅니다.

가장 크게 성공하고 싶지 않으십니까? 진실로 가장 크게 성공하신 분을 닮고 싶지 않으십니까?

영원히 저 햇빛처럼 어떤 상황, 어떤 인연처에서도 빈부귀천을 가리지 않고 모든 중생을 따스하게 비춰주시는, 늘 세상의 그 누군가를 위해 다가서는 분, 세상에서 가장 부드럽고 대자대비하신 그분, 우리 부처님!

오늘 아침 문득 무심정사 앞마당을 거닐면서 눈을 감고 바람소리를 들으면서 생각에 잠깁니다.

'성공하려면 우리 부처님처럼 성공해야 진실로 성공했다고 할 수 있다'고, 그리고 오늘도 열심히 기도하며 잘할 수 있다고 다짐해봅니다.

퇴도만은진성이공지묘
退陶晚隱眞城李公之墓

～

나면서 크게 어리석었고

자라서는 병이 많았다네.

중년에 학문을 좋아하게 되었고

느지막이 벼슬길에 들었네.

학문은 갈수록 멀어지고

벼슬은 마다해도 자꾸 내려지네.

나아가기가 어려우매

물러나 은거하기로 뜻을 굳혔네.

나라의 은혜 생각하면 심히 부끄러우나

진실로 성현의 말씀이 두려웠네.

산 높디높고 물 쉼 없이 흐르는 곳.

벼슬을 벗어던지고 돌아오니 뭇 비방이 사라졌구나.

근심 속에 낙이 있었고, 즐거움 속에 근심이 있었네.

조화를 좇아 사라짐이여, 다시 무엇을 구하리오.

퇴계 이황이 유언으로 쓴 글이라고 합니다.

이황은 임종 직전 일어나 기대앉아 자리를 정리하게 하고, 마지막으로 자신이 평생을 두고 사랑하던 매화를 보며 "매화 분에 물을 주라." 하고는 앉은 채 숨을 거두었다 합니다. 저물 녘이었고, 어둑한 하늘에서는 눈발이 날리고 있었습니다.

이황은 묘비에 관직을 쓰지 말도록 유언을 내렸으므로 그의 또 다른 아호인 퇴도만은退陶晚隱이라고만 썼다고 합니다.

여러분의 마지막 유언은, 그리고 묘비명은 무엇이라 하시겠습니까?

오늘 이 가을 아침에 차 한잔 마시며 생각해봅니다.

내 맘 같지가 않네요

무심정사 인터넷 카페에서 알게 된 민산 비구니 스님이 몸이
많이 아파서 수행도 못하신다는 말을 듣고, 마침 절에 선물로
들어온 장뇌삼을 보내드렸더니, 그걸로 쾌차하셨는지는 모르
지만 고맙게도 자주 선물을 보내주십니다.

어느 때는 강정을 손수 만들어 보내주시고, 설날에는 귀한
꿀단지도 보내주시더니 엊그제는 담양사과 한 박스를 또 보내
주셨네요.

선물이 중요한 것이 아니라, 그 마음을 늘 느끼게 해주시는
스님입니다. 요즘 절 살림살이가 어느 곳이나 녹록하지 않을
텐데 스님이 손수 장만하여 보내주시는 그 고운 정성에 가슴
따뜻했습니다.

올해 보내온 사과는 아주 맛있는 꿀사과였습니다. 절에서
먹어본 사람들은 아주 달고 맛있다고, 이 사과 어디서 샀냐며
다들 한마디씩 했을 정도입니다.

고마운 분들에게 선물해 드리고 싶은 마음이 났습니다. 그
래서 택배박스에 있는 전화번호로 연락을 했습니다. 한 상자

에 4만 원이라기에 다소 부담은 있었으나 흔쾌히 여섯 곳의 주소를 알려 주었습니다.

그런데 주문을 하고 시간이 지나면서 좀 이상하다는 생각이 들었습니다. 사과를 받은 분들이 다들 맛있었다고 한마디 할 터인데, 웬일인지 여섯 군데에서 사과 이야기를 통 꺼내지를 않는 겁니다. 그러던 차에 오늘 도착한 사과를 부처님 전에 올리려고 개봉하였습니다. 헐~

'사람들 반응이 이상하네. 미안해서 그런가?' 하고 고개를 갸우뚱했는데 오늘에야 그 이유를 알았습니다.

"엄마야! 누가 먹는 거 가지고 이리 장난을!"

제가 주문한 사과는 더 이상 꿀사과도 아니고, 크기도 먼저 것의 절반 정도로 아주 작은 사과들이었습니다. 우리 동네 슈퍼에서도 2만 원이면 사는 것을. 아! 인간에 대한 실망과 배신감이 들었습니다.

제가 출가 수행자만 아니었다면 벌써 급한 성질머리에 냅다 수화기를 집어 들었을 터인데, 그냥 허허 웃음만 나오네요.

작은 욕심으로 이분이 좋은 기회를 놓쳤습니다.

언젠가 남희 보살님이 복숭아를 보내주셨는데 얼마나 정성이 가득한지 감동이었습니다. 노모님이 하루 종일 그 복숭아만 드시고 여름을 나셨습니다. 얼마나 달고 달던지, 그 복숭아 덕분에 우리 노모님이 더 사시나 보다 생각할 정도였습니다.

저는 과일을 생산하고 판매하시는 분들은 다들 남희 보살님 같은 줄만 알았던 겁니다. 더구나 민산 스님의 인연이 있는데, 스님께서 알면 어떻게 될까요. 사실 저는 양주연합회 총무 스님에게도 선물을 해서 이참에 지역의 사찰들을 소개해드리려고 했었거든요.

왜 그러셨을까? 도저히 이해가 안 됩니다. 눈에 보이는 작은 이득을 탐내 보이지 않는 더 큰 것을 놓치고 사는 우리네 모습을 되비추어주는 거울 역할을 한 걸까요?

불자라고 자처하지만

❧

어제는 시내 나온 길에 궁금하기도 하여 지나가다가 차 한 잔 얻어먹을 요량으로, 젊은 비구 스님이 있는 사찰에 들렀다. 한동안 건축 불사도 하며 열심히 수행하던 스님이 갑작스레 몸이 안 좋아 병원을 가니, 심근경색에 갑상선이 안 좋고 저혈압까지 있단다. 그래서 자주 절을 비운다며, 다행이 절에 있을 때 찾아왔다고 반겨주신다.

요즘 절집에서는 출가자들이 줄어들어 큰 고민이다. 그 적은 출가자들도 힘 있고 돈 있는 큰 절로만 가는 추세라서 작은 절들은 상좌 구하기가 하늘의 별따기라고 한다. 시봉하는 상좌가 없으면 재가불자라도 와서 아픈 스님을 돌보아 주어야 하는데, 이 비구 스님은 그런 형편도 못 되는 듯하여 마음이 짠하다.

지금 주위 스님들을 보면 대부분 혼자 독살이 수행을 하고 있으니 안타깝다. 무심정사도 재가불자들이 활성화되었다고는 하나 오십보 백보, 별 차이가 없다.

가을 햇살 싱그러운 시월의 한낮, 조용한 절에서 스님이 타주는 봉지커피 한 잔을 맛있게 마시며 이야기를 나누었다.

"광명 스님은 건강이 어떠신가요? 동안거, 하안거 하며 대중생활을 규칙적으로 하시는 스님들과 달리 작은 절을 담당한 우리들은 사실 식사도 제때 못 챙기고, 사찰운영과 불사에, 신도들 교육에, 대부분 스스로 병을 키우면서 사는 스님들이 참 많습니다. 아프면 그냥 앓다가 죽는 세상이 아니니 병원에도 가야 하고, 그 사이 절 걱정도 많이 되고요. 제가 아파보니까 돈이 최고더군요. 하하하."

아픈 스님의 웃음이 가슴 아프게 다가오며 불교현실이 과연 그러하다는 생각이 들었다.

한 조사에 의하면 자신이 불자라고 응답한 사람은 가톨릭(1위), 기독교(2위)에 뒤져 3위(불교)로, 어느 사이에 종교간 서열이 바뀌었고, 불교신자의 수가 300만 명이나 줄었다고 한다. 고령화된 불교계의 현실에서 그분들마저 돌아가시면 어찌될까?

그러기 전에 근본적인 불교개혁이 이루어져야 한다.

작은 절에서는 법회가 점점 사라져간다. 불자님들이 먹고살기 힘든 이유도 크겠으나, 혹 절에 와서 부처님 법을 꼭 배워야겠다는 당위성을 주지 못하기 때문은 아닐까?

동두천에도 사찰이 30군데 정도 되는데, 다들 말 그대로 적막강산이다. 절이 썰렁해짐은 떨어지는 낙엽, 이 가을의 모습과도 같으니, 앞으로도 정녕 그러할까!

정겨운 야단법석

❧

어제 서울 상계동에서 보살님 두 분이 처음으로 무심정사를 방문했습니다.

"스님! 저는 카페에서 눈팅만 하는 불자입니다. 스님의 글이 진솔하고 제 마음을 움직여서 뵙고 싶어 그냥 찾아왔습니다. 운 좋게 스님을 만나면 좋은 말씀 듣고, 스님을 뵙지 못하면 참배만 하고 가려고 했습니다."

나이는 40대 중반으로 지극히 평범해 보이는 보살님이 인사말을 했습니다.

"어서 오세요!"

두 분 보살님이 차를 마시며 미소방 넓은 창으로 보이는 마차산을 보며 편안해합니다.

보살님이 갑자기 하얀 봉투를 내미네요.

"스님, 무심정사에서는 마음이 참 편안하네요. 저는 다니는 원찰이 있는데요, 이 보시는 다름이 아니라 스님이 군포교를 하시는 데 작은 보탬이 되었으면 해서요."

군포교를 위해 잘 쓰겠다고 고맙다는 인사를 하고, 법명이

있으면 겉봉투에 쓰라고 하였더니 '관음지'라고 쓰고 자신의
이야기를 합니다.

결혼을 하고 얼마 안 있어 아들 하나를 낳은 뒤 남편이 불의
의 교통사고를 크게 당해서 전신마비가 되어, 말하고 듣고 보
기만 할 뿐 손도 몸도 못 움직이는 세월이 고스란히 27년이 흘
렀다고 하네요.

"어떻게 무슨 일로 먹고 사느냐?"고 물었더니, 예상했듯이
안 해본 것 없이 많은 일을 했답니다. 지금은 웅진코웨이에 다
니면서 남편을 보살피고 알바까지 하며, 하나 있는 아들 대학
보내며 열심히 산다고 합니다.

"아니, 무슨 돈을 번다고 이렇게 큰돈을 보시해요? 받아도
시원치 않을 판에, 오히려 스님이 보태주어야 할 상황 같은
데……"

"스님, 제가 업장이 무거워 이리 고생하는가 싶어서 업장소
멸하려고 하니까 받아주세요. 우리 식구는 100만 원이면 감지
덕지하고 사는데요, 뭐."

보시하는 마음은 알지만, 이런 경우는 '마음으로 하는 보시
만 받아도 괜찮겠다' 싶어 제가 이렇게 말했습니다.

"보살님은 현생에 복덕을 아주 많이 쌓고 사시는군요. 남들
은 남편이 돈을 적게 벌어온다는 둥, 해외여행을 안 보내준다

는 둥 불평불만이 가득한데, 보살님은 병든 남편 옆에서 그 오랜 세월 수발을 드시니…… 이건 완전 수행이에요. 보살님 마음은 제가 받았으니까 이거 그냥 도로 담아둬요. 맘만 받을 거니까. 부처님도 이 보시는 가슴 아파하실 테니까요, 하하하."

"아니에요, 스님. 사실은 저희 아들이 이 근처 연천에서 군생활을 했어요. 군대시절에 근무하며 수계도 받고 한 착한 아들입니다. 전역해서 대학교에 다니는데 모처럼 장학금을 받아와서 차마 함부로 쓸 수가 없어서요. 아들과 상의하여 회향하고 싶어서 찾아온 거예요."

아드님 법명이 수월이랍니다.

마침 오는 날이 장날인지, 선천적으로 다리를 저는 장애인 남편과 본인도 다리를 절면서 아이 없이 사는 양 보살님이 오랜만에 불쑥 찾아왔습니다. 그것도 오골계 알 청란을 대야에 소중히 담아가지고 절룩절룩 한참 걸어들어 왔습니다. 아픈 사람들의 마음은 아픈 사람이 더 잘 알지요. 상계동 보살님과 서로 초면인데도 둘은 금방 친해졌네요. 살기 힘들다는 같은 처지의 이야기를 하다 보니 말입니다.

조금 있다가 택시가 마당에 들어와 빙그르 돌더니 큰 통을 들고 영호 엄마가 내립니다. 큰 김치통을 들고 온, 서울에서 새마을부녀회를 오래 한 시원시원한 영호 엄마가 미소방에 들어섰습니다. 기름에 불붙듯 갑자기 미소방이 왁자지껄해집니다. 까르르, 호호호!

얼른 냉장고를 뒤져서 과일을 꺼내고 얼려놓은 가래떡을 밥통에 쪄서 대접합니다. 여자들의 유쾌한 수다는 사방팔방으로 튀어 이거저거 몸에 좋다는 약초에 대한 이야기부터 미용케어로 갔다가, 어느덧 신행생활과 절 이야기로까지 옮아갔지요.

"스님! 제가 다니는 절은 무척 크고 연예인들도 와서 축제도 하는 큰 절이에요. 길상사 아시죠? 그 근처에 있는데, 길상사는 평일에는 점심공양을 안 주고 법회 때만 주는데, 우리 절은 후덕해서 무조건 가면 밥을 줘요. 그런데 언제부턴가 우리 절도 뭔가 이상해졌어요. 초파일에요, 절편 떡 다섯 개를 비닐포장해서 신도회에서 비빔밥에 하나씩 올려 주기에 동생 생각이 나서 하나만 더 달라고 제가 웃으면서 이야기를 했거든요. 그런데 눈을 위아래로 흘기며 기분 나쁘게 말을 하는 거예요.

팍 기분이 나빠지고 신심이 떨어지데요. 시장에 가면 솔직히 돈 만 원이면 떡 한 보따리 사잖아요. 부처님께 올린 공양물이라 더 소중히 나누어주고 싶어서, 많이 달라고 한 것도 아니고 절편 다섯 개 달라고 한건데, 신도들 모두가 시주한 건데 자기들이 주인이야, 뭐야. 스님, 이게 말이 돼요?"

다혈질이고 솔직한 영호 엄마가 먼저 신도회에 대한 텃세 이야기를 시작하네요.

"주지 스님에게 이야기하지 그랬어요. 보살님!"

"왜 이야기를 안 했겠어요? 그런 상황이니 이미 저뿐만 아니라 오래 다닌 노보살님들도 다 이야기했지요. 그런데 신도회에서 스님 말을 안 듣는 거예요. 결국 스님 머리꼭대기까지 올라가 있는 거지요. 새로 온 보살님이 설거지 봉사 좀 하려고 마음내서 가면 거치적거린다고 성질내며 저리 가라고 해요. 그 보살님 상처받아서, 내가 장담하건대, 어느 절에 가서도 설거지나 다른 봉사를 안 하려고 할 거예요.

무심정사도 동종업계인데, 하하하! 절에 와 절을 욕해서 죄송! 오늘 구업 제대로 짓네요. 사실 안타까워서 그래요. 옛날에는 불자님들이 엄청 많았는데 점점 없어지고, 게다가 끼리끼리 모여 얼마나 억센지. 나도 정나미가 떨어져서 원, 저야 다른 절로 가면 그만이지만 그 절 스님만 힘들게 생겼어요."

정겨운 야단법석이 끝나고, 어느 절이나 대중이 있으니 그런 일이 있는가 보다 하며, 무심정사는 그리해서는 안 된다는 다짐을 하게 됩니다.

어둑어둑해지며 뒤로 한 걸음 차분히 물러나는 마차산을 봅니다.

시詩

시가 무엇일까?

한자로 시詩는 '말씀 언言'에 '절 사寺'이니 '절의 말'이라고 할 수 있지요. 선문답은 가장 짧은 단어로 깨달음을 표현하니, 시를 '절의 말'이라 했을까요?

어느 재일교포 시인은 시가 '땅을 뚫고 나오는 새싹 같은 말'이라고 '말씀 언言, 흙 토土, 마디 촌寸' 이렇게 더 풀어서 얘기했습니다.

저는 시를 참으로 좋아합니다. 유년시절부터 시가 좋아 습작을 했고, 나름 멋진 시인이 되고 싶어 신문사 신춘문예에도 젊은 혈기로 몇 번 두드려 보았지요. 물론 낙방했지만요. 시인이 되는 꿈은 잊어버렸지만, 그러나 시 습작을 놓지는 않았습니다.

20대에 제가 쓴 시들은 사랑과 이별이었습니다. 30대에 쓴 시는 없는 자들의 절망과 비애, 40대가 되어 보니 온통 언어의 나열일 뿐 감동도 의욕도 없어져버리데요.

50대가 되어서야 겨우 알았습니다. 시는 생생한 활구活句를 써야지 사구死句를 쓰면 안 된다는 것을요. 가난과 고통으로 바쁘고 지친 사람들에게 한 줄기 감로차처럼 맑고 울림 있는 글로 위로와 희망을 주어야 한다는 것을 안 것이지요.

자신의 삶에서 얻은 깨달음과 깊은 관조를 글로 표현할 때 시詩가 되고, 세상과 나누는 아름다운 마음이 된다는 것을 알았습니다.

이 가을, 시詩를 읽는 마음으로 편안하시고 행복하세요.

나는 왜 미국으로 가는가!

새해 한 가지 내 자신에게 실천하기로 마음먹은 약속이 있는데, 바로 미국 가기다. '1년에 적어도 한 번은 미국에 가자. 무조건 가자.'

물론 만만치 않은 비용은 걱정거리다. 작년에는 제일 추운 겨울날 다녀왔는데, 생각해보니 차라리 초파일 지나자마자 다녀오는 것이 더 효율적이고 절 걱정도 조금 적지 싶기도 하여 마음속으로 그렇게 결정을 하였다.

하지만 보살님 한 분이 벌써 걱정부터 앞선다.

"스님…… 절은 어떡하고요? 미국에는 왜 가셔요?"

"글쎄. 그럼 걱정하는 자네가 이 절을 머리에 이고 앉아 있게나. 허허."

신도나 주위 분들은 일본도 있고 중국도 있고, 위빠사나를 열심히 하는 미얀마나 태국도 있고, 부처님의 성지 인도와 스리랑카·네팔도 있는데 하필 왜 미국이냐고 묻는다.

이왕이면 부처님이 태어나 전도하셨던 불교국가로 가서 근본불교, 초기불교를 공부해서 전도하고 포교하시지, 왜 하필 뜬금없이 절도 스님도 없이 삭막하고 아는 이 전혀 없는 생소한 미국에 가려고 하냐고들 질문도 하고 의문도 가진다.

무심無心은 정확히 영어로 어떻게 쓸까? 아마 앞으로 10년 뒤, 살아 있다면 나는 미국에서 무심템플 간판을 걸어놓고 부처님 법을 공부하고 나누고 있지 않을까?

세월은 점점 흘러가고 흘러간 세월은 다시 돌아오지 않는다. 나이에 알맞게 늙어가는 것 또한 참으로 아름다운 일이고, 인연 지어진 모든 이들과 더불어 공부도 하고 아는 만큼 가진 만큼 전도도 하고 베풀어야 한다.

나이에 맞게 적당히 놓을 때 놓을 줄도 알아야 하는 걸 새삼스레 알게 되는 어느 날, 무심코 내 눈에 들어온 곳이 바로 미국 LA다.

언젠가 중국에 갔을 때 만리장성만큼은 아니라 해도 장군이나 황제처럼 위압적이고 거대한 부처님 상호를 보면서, 나라마다 문화권에 따라 신앙도 그 모습이 다르다는 것을 알았다.

미국, 그 땅에는 불자들이 별로 없다는 사실이 어쩌면 가장 마음을 당겼는지도 모른다. 미국에는 절이 별로 없다. 아니 절은 많은데, 정확히 표현하자면 절과 불자들 사이에 가교 역할을 하는 스님이 드물다. 그래서 공양주가 1년 내내 절을 지키고 있다. 몇 안 되는 불자님들은 가톨릭 성당을 찾거나 같은 고향이 그리워 한국 사람들이 가장 많이 모이는 교회로 간다. 다행히 십일조를 강요하는 한국의 교회와는 전혀 다르다.

한국에서는 절에 다니다가 미국에 오면 교민이 많이 모이는 교회를 갈 수밖에 없다는 게 미국 불자들의 하소연이다. 고향과 떨어져 사니 자신이 꼭 끈 떨어진 연처럼 느껴진다고 한다. 그런 불안한 마음을 위로해주는 편안한 쉼터가 미국교포들에게 필요하다. 특히나 나이든 한국 노인 분들에게 한국 사찰은 종교 이상의 깊은 의미가 있다. 그러나 미국의 대부분 지역에 제대로 된 절은커녕 찻집 하나 변변히 없는 실정이다.

법륜 스님이 미국에 오면 교포들 사이에 인기가 최고이다. 모두들 대단히 반가워하면서 법륜 스님 법문을 감로수처럼 받아들인다. 그 모습을 알기에, 교포들의 처지와 심정을 알기에 불교종단 차원의 대책과 지원이 있어야 한다고 생각한다. 법

정 스님은 열반하시기 전까지 미국이나 유럽을 자주 방문하시어 해외 불자들에게 좋은 법문을 많이 하셨다. 그 뒤를 법륜스님이 잇고 있지만, 더욱더 많은 스님들이 미국을 포함하여 여러 나라에 전도와 포교를 했으면 한다.

　미국 LA에 무심템플을 세웠다고 하자. 과연 내가 미국에서 교회와 경쟁력을 가질 수 있을까? 미국인들에게 어필할 수 있는 선명한 테마가 있을까? 유한성, 시대성, 인간적 접근성이 있을까? 자문해 본다. 그러한 내 현실과 미국이라는 상대적 현실을 바로 보기 위해서 직접 몸으로 부딪쳐 보려고, 1년에 한 번이라도 나는 미국에 간다.

　상대방을 알려면 상대가 원하는 것이 무엇인지부터 알아야 한다. 그래야 소통이 가능하고 부처님 법을 전달할 수 있기 때문이다. 대도시에 사는 교민들로부터 한적한 곳에 사는 분들까지, 여러 교포들과 이야기를 나누며 스님으로서, 스님 옷을 걸치고 있는 한 인간으로서 그분들과 만나려고 노력한다.

미국에 가는 또 다른 이유 중에는, 처음 출가하였던 그 첫 마음으로 돌아가 순수한 열정을 잃어버리지 않으려는 마음가짐과 새로움에 대한 도전의식도 있다. 영어도 전혀 못하고 50대 중반의 나이지만 도전하기 딱 좋은, 안 하면 나중에 후회할 것 같아 한번 부딪쳐 보기로 하고 나는 미국으로 간다. 그곳에서 개떡(?)같은 영어로 말해도 찰떡(?)같이 알아들을 수 있는 좋은 인연들을 만나고 싶다.

미국 단상

1년 만에 다시 만나는 미국교포 불자님들입니다. 혼잡한 LA공항에 일부러 마중 나와 주셔서 1년 만에 만나니 마음도 기분도 덩달아 업UP 업UP!

미국에 있는 동안 니글니글하게 피자, 햄버거를 먹으면 어떻습니까? 이렇게 좋은 분들과 만나는데요.

LA의 날씨는 제가 제일 좋아하는 날씨입니다. 낮에는 약간 덥지만 해가 지면 습도가 없어서 선선한 날씨입니다.

미국은 땅덩어리가 하도 커서 차가 없고 영어를 못하면 완전 까막눈입니다. 그래서 가이드가 항상 있어야 하는데, 스님 가이드는 운전도 잘하고 영어도 잘하니 금상첨화이지요. 우리나라와는 달리 핸드폰도 와이파이도 잘 안 터지는 곳이 많습니다. 미국의 땅덩어리가 얼마나 큰지 실감합니다.

가장 부러운 것이, 미국 사람들은 스쳐 지나다 눈이 마주치면 윙크와 미소를 짓는 겁니다. 뚱땡이 스님인 저보다 몇 배나 더 뚱뚱한 흑인여자가 풍만한 가슴을 흔들며 같은 동선으로 걷는데, 저는 시선 둘 곳도 마땅찮은데 미소를 보내네요. 미소만 보내면 그냥 모른 척해도 되는데, 꼭 손을 들어 보이며 "하이Hi!" 하고 웃으면서 지나갑니다. 참으로 부러운 풍속입니다.

불경기 여파로 미국도 예년과 달리 거리가 한산합니다. 일년 사이에 코리아타운에도 몇 집은 문을 닫고 장사를 안 하는 집이 눈에 띕니다. 돈을 벌기 위해 교포님들은 열심히 바쁘게 움직여야 합니다. 돈이 있어야 살 수 있는 나라가 비단 미국만은 아니겠지만 여긴 생존경쟁이 더 치열한 것 같습니다. 자유

주의, 민주주의 나라의 대명사인 미국이지만 의외로 사회안전망이 약해 한 번 무너지면 다시 자립하기가 그렇게 힘들답니다. 그래서 정신없이 바쁘게 살아야 한다고 합니다.

　마침 불자님이 공양 청원을 하셔서 해가 진 코리아타운을 지나가는데 조계종 고려사의 연등 불빛이 미국 밤하늘에 반짝입니다.

두 보살님의 서원

아득한 옛적 인도 남쪽에 조그만 나라가 있었다. 그 나라에 장
나長那라는 부자가 예쁜 여자를 부인으로 맞아 행복하게 살고
있었다. 그러나 한 가지 근심이 있었으니, 그것은 몇 년이 지
나도록 자식이 없는 것이었다.

하루는 부인이 제단을 차려놓고 "천지신명이시여! 옥동자
하나만 점지하여 주시옵소서." 하며 지극정성으로 기도하고
빌었다. 기도를 잘 모신 영험인지 그 후로 태기가 있어 옥동자
를 낳고 3년이 지나 또 아들을 하나 더 낳게 되었다.

장나는 기쁨을 이기지 못하고 큰 잔치를 베풀어 이웃사람들
을 대접하였다. 또 예언가를 청하여 두 아이의 장래운명을 말
해 달라고 부탁하였다. 예언가는 고개를 갸웃거리며 두 아이
의 얼굴을 자세히 살펴본 다음, 두 형제는 용모는 단정하고 고
우나 부모와의 인연이 박해서 일찍 부모를 여읠 운명을 타고
났다고 하였다. 이런 연유로 해서 형은 조리루離, 동생은 속리
速離라고 이름 지었으니, 일찍이 부모를 여읜다는 뜻이다.

그 뒤 몇 해가 지나 형은 열 살, 동생은 일곱 살이 되었는데,

그해 삼월에 어머니는 홀연히 병이 들어 백약이 무효로 병세는 나날이 악화되어 갔다.

어머니는 두 아들을 불러 놓고 눈물을 흘리며 말하기를,

"조리야! 속리야! 엄마는 아무래도 병이 나을 것 같지 않구나. 사람이 한 번 태어나서 죽는 것은 누구라도 면할 수 없는 것이니 죽는 것은 무서울 것이 없다마는, 너희 어린 형제를 남겨놓고 떠날 것을 생각하니 가슴이 몹시 아프고 슬프구나. 너희들은 내가 죽은 뒤라도 서로 도우며 착하게 살기 바란다."

이 말을 마지막으로 남기고 숨을 거두고 말았다. 두 아들은 식어가는 어머니를 붙들고 통곡하였다.

이후 장나가 두 아들을 극진히 사랑하며 몇 년을 살았을 때였다. 여러 사람의 권유와 소개로 후처를 맞이하였는데, 새로 들어온 부인은 죽은 부인과 용모가 비슷하여 두 아들도 엄마가 다시 살아온 것처럼 좋아하였다. 새로 온 부인도 두 아이를 불쌍하게 여겼는지 귀엽게 여기고 사랑하였다.

그런데 다음해 큰 흉년이 들어 들판의 곡식을 하나도 수확할 수 없었다. 그래서 장나는 집안을 새 부인에게 맡기고 식량을 사오기 위해 이웃나라로 먼 길을 떠났다. 혼자 남게 된 부인은 생각하였다. '만일 영감이 안 돌아오면 저 아이들은 어떻게 키울 것인가? 또 재산을 저 아이들에게 상속해야 할 것이 아닌가. 두 아이는 장차 큰 장애가 되겠구나.'

이렇게 생각한 부인은 아이들을 없애려고 뱃사공을 매수하여 두 아이를 멀리 갖다 버리게 하였다. 영문도 모른 채 낯선 무인도에 버려진 두 아이는 좁은 섬 안을 미친 듯이 뛰어다니며 부모를 찾았으나 사람 그림자도 찾아볼 수 없었다. 두 형제는 목이 터져라 엄마 아빠를, 그리고 뱃사공을 불렀지만 바람소리와 파도소리만 들려올 뿐이었다.

조리와 속리 두 형제는 마침내 겹친 피로와 굶주림을 못 이겨 가엾게도 쓸쓸한 무인도에서 숨을 거둘 지경에 처했다. 죽음에 임박해서 아우 속리가 사람들에게 속아서 비참하게 죽게 되는 운명을 한탄하자, 말없이 듣고 있던 형 조리는 아우를 위로하며 다음과 같이 타일렀다.

"나도 처음에는 세상을 저주하고 사람을 원망했지만, 그렇다고 해서 어찌할 도리가 없지 않은가! 차라리 우리가 다음 세상에 태어날 때는 이 고뇌의 체험을 인연으로 삼아서 우리와 같이 비운悲運에 우는 사람들을 구원해주자. 다른 사람을 위로해주는 것이 바로 우리가 위로를 받는 길인 것을 일찍이 배우지 않았던가!"

이 말을 들은 아우도 비로소 형의 말뜻을 알아듣고 밝은 얼굴이 되었다. 이리하여 형과 아우는 하늘을 우러러보며 거룩하고 크나큰 서원을 세웠다.

"우리는 여기서 죽더라도 내생에는 성현이 되고 보살이 되

어 우리와 같은 처지에 놓인 불쌍한 사람들을 구원해주자. 또
세상에는 빈곤하고 병든 사람이 얼마나 많겠느냐. 그들에게
의복과 양식을 주고 온갖 병을 치료해주자."

하는 등의 서른두 가지의 서원을 세우고 어린 두 형제는 서
로 얼싸안고 숨져 갔다. 무인도에서 외롭게 죽어간 두 형제의
얼굴에는 조용하고 밝은 미소가 어려 있었다. 이 섬의 이름은
보타락가산이며, 나중에 형은 관세음보살이 되고 동생은 대세
지보살이 되었다.

오늘, 고통을 피할 수 없는 중생의 삶 속에서 여러분의 발원
은 어떤 것이고, 그 크기는 어떤가요?

가는 가을 오는 겨울, 모든 중생이 고통과 고통의 원인에서
벗어나 행복하기를…….

나무아미타불, 나무아미타불, 나무아미타불.

도대체 불교가 무엇일까요?

～

질문: 어리석은 질문인 듯하지만, 우리에게 불교가 뭘까? 불교
　는 과연 우리에게 어떤 의미인가? 궁금합니다.

답변: 질문의 취지가 '과연 불교는 우리에게 어떤 이득이 있는
　가?'로 이해되는군요.

질문: 아! 네, 그렇습니다. '불교'가 제게는 어떤 힘이 되어 주
　는지가 맞겠군요.

답변: 아주 간단합니다. 불교는 선생님이 배고플 때 와서 먹는
　식탁입니다. 목이 마를 때 언제든 찾는 샘터랍니다. 추울
　때 따뜻하게 해주는 난로와도 같습니다. 불교는 집안에 보
　관해 두는 애장품이 아닙니다. 불교는 집안에 보관해 놓은
　교양서적이 아닙니다. 불교는 내 몸에 지니는 장식품도 아
　닙니다.

　불교는 내가 사는 집, 공간과도 같습니다. 삶에 있어서 필요
한 자동차와도 같습니다. '불교'란 어둠 속에서 자기 미래를
밝게 비춰주는 소중한 손전등입니다.

　굳이, 불교가 과연 무엇이냐에 답해본다면, 칠불통계七佛通

偈, 곧 "제악막작諸惡莫作 중선봉행中善奉行 자정기의自淨其意 시제불교是諸佛敎"라고 말할 수 있습니다. "모든 악한 일 짓지 말고, 모든 선한 일 받들어 행하며, 스스로의 마음을 깨끗이 하는, 이것이 모든 부처님의 가르침"입니다.

우리가 스스로 수행을 멈추지만 않으면 결국엔 다 됩니다. 얼굴엔 미소, 마음엔 평화가요.

따라 해서는 안 됩니다

❧

모든 것은 변한다. 내 마음도 변하고 남의 마음도 변한다.

내 몸도 변하고 남의 몸도 변한다. 이 세상은 항상 변한다.

모든 것이 변할 때 선한 쪽으로 변하기도 하고 선하지 못한 쪽으로 변하기도 한다.

모든 것이 변할 때 관대한 쪽으로 변하기도 하고 이기적인 쪽으로 변하기도 한다.

모든 것이 변할 때 내 뜻대로 변하기도 하고 내 뜻과 다르게 변하기도 한다.

모든 것이 변할 때 변하는 것을 받아들이기도 하고 받아들이지 못하기도 한다.

어차피 변하는 것이라면 선하게 변해야 하고 관대하게 변해야 하며, 변하는 것을 있는 그대로 받아들여야 한다.

남이 선하지 못하게 변한다고 나까지 따라 해서는 안 된다. 나는 바르게 변해야 한다.

다섯 가지 향

계향, 정향, 혜향, 해탈향, 해탈지견향.

이 오분향은 부처님께 향공양을 올리면서 내 스스로 법계를 맑고 향기롭게 하는 것을 말합니다. 흔히들 법당에 가서 참배하면서 올리는 그 향 하나하나에도 우리들의 서원과 발심이 있다는 것이지요.

계향戒香은 불자생활의 기본자세로서 나쁜 일을 모두 끊어버리고 좋은 일을 닦으면서 몸과 말과 생각을 삼가 조심하겠

다는 뜻입니다. 함부로 목숨 있는 것을 죽이지 않겠다는 것은
단순히 안 죽이는 것뿐만 아니라, 미워하고 증오하는 내 안의
모든 분별적 마음을 오히려 측은지심, 자비심으로 능히 포용
하고 사랑하겠다는 더 큰 의지가 담겨 있습니다.

정향定香은 선정禪定을 뜻합니다. 내 마음이 고요해지고 평
화로워 저절로 안정이 된다는 말입니다. 바꾸어 말하면 사경,
염불, 명상, 절, 울력, 간경 등 이 모든 것을 열심히 수행하다
보면 저절로 선정이 이루어진다는 뜻입니다.

혜향慧香은 반야, 즉 지혜입니다. 흙탕물을 그대로 놓아두면
탁한 찌꺼기들이 모두 가라앉고 물은 차츰차츰 맑아집니다.
맑고 고요해지니 모든 것을 그대로 비출 수가 있고, 안과 밖을
비출 수 있는 지혜를 옛 선인들은 반야般若라고 하였습니다.

해탈향解脫香에서 해탈은 자유로움입니다. 어떤 구속이나
간섭 없이 어디에나 걸림이 없는 대자유입니다. 모든 종교의
최종 목적은 평화로움, 즉 해탈을 위하여 나아갑니다.

해탈지견향解脫知見香은 이미 해탈한 이가 항상 밝게 살피고
밝게 통달하면서 영원히 자유롭게 살아가는 삶을 뜻합니다.

매일 예불하면서 읊는 오분향례五分香禮가 무엇일까? 하고
궁금해 하실 분들을 위하여 잠깐 설명을 올렸습니다.

만남과 헤어짐 속에

인연이란 만남과 헤어짐이다. 만남과 헤어짐 속에 선업과 악업이 있고, 기쁨과 슬픔이 있고, 길고 짧음이 있고, 적고 많음이 있다.

만나야 할 사람과 만나지 못하고, 헤어져야 할 사람과 헤어지지 못하는 것이 인연이다. 만나야 할 사람을 만나고, 헤어져야 할 사람과 헤어지는 것도 인연이다.

인연이란 원인과 결과다. 과거의 원인으로 현재의 결과가 있고, 현재의 원인으로 미래의 결과가 있다.

인연이란 업이다. 과거의 행위로 인해 현재의 결과를 받는 것이 인과응보다.

인연은 내 뜻대로 할 수 있는 부분과 내 뜻대로 할 수 없는 부분이 함께 결합해 있다.

과거의 원인은 내 뜻대로 할 수 없다. 그러나 현재 새로운 원인을 만드는 것은 내 의지대로 할 수 있다. 만남과 헤어짐 속에서 착한 원인을 심어 미래의 좋은 인연을 만들어가는 것은 내 몫이다.

내 습관이 내 운명을 만든다

~

"다시 태어나는 것은 우리가 아니라 우리의 습관들이다."
_달라이 라마 말씀 중에서

김유신이 사랑하던 말이 있었습니다. 김유신은 그 말을 타고 기생집을 많이 왕래했나 봅니다. 그러나 어머니의 훈계를 들은 후로는 기생집에 가지 않았습니다. 그러던 어느 날 너무 피곤해서 말에 몸을 의지하고 가다가 깜빡 잠이 들었는데, 이 말이 기생집 문 앞에 와 있더랍니다. 그래서 그 말의 목을 베었다는 이야기가 있습니다.

하지만 말이 무슨 죄입니까? 김유신 본인의 잘못입니다.

이처럼 습관은 무의식중에 그 행동을 하게 하는 힘이 있습니다. 이것이 굳어져서 업으로 뭉치게 되면 그 습관을 좀처럼 고치지 못하는 것입니다.

우리가 살고 있는 이 세상은 모두가 업으로 인해 이루어진 세상입니다. 우리는 '나다', '너다' 하며 서로를 구분 짓지만 사실은 같은 업을 지니고 있는 중생입니다. 그래서 동업중생同業

衆生이라고도 합니다. 업의 세계에서 보면 잘난 사람, 못난 사람이 없습니다. 똑같은 동업중생일 뿐입니다.

서로 다른 성격의 부부도 오래 살다보면 서로 닮아가는 이유는, 같이 살면서 서로의 업연으로 닮아가기 때문이랍니다. 나쁜 습관을 잘 고치지 못하는 것도 업장 때문이고, 나쁜 환경에서 살게 되는 것도 업장 때문이라는 것을 이해해야 합니다. 이와 같이 나쁜 습관은 나쁜 행동을 낳고, 나쁜 행동은 나쁜 업을 만드니, 습관이 참으로 중요합니다. 우리의 나쁜 습관이 무의식중에 굳어져서 업으로 뭉치기 전에 그 습관을 고치는 지혜가 필요합니다.

내 스스로 바꾸려는 의지를 세우고 실천해야 합니다. 내 습관이 내 운명을 만드니까요.

스님도 열등감 있습니다

〜

"스님, 저는 왜 이리 남들보다 못나서 안 되는 일이 많은지, 열 등감 때문에 어떨 땐 정말 죽고 싶어요."

그래서 솔직하게 대답했습니다.

"거사님. 스님인 저도 사실 열등감 많아요. 부처님의 8만4 천 법문을 사실 잘 모르겠고요, 부처님 말씀을 전달하는 성 직자는 깨달음이든지 자신감이 기본인데, 법문을 하려고 하 면 ― 서 있는 제 튼튼한 무 다리가 긴 장삼에 가려져 안 보여서 그 렇지 ― 다리가 막 떨려요. 그나마 다리는 감추어져서 괜찮은 데 둥글넓적한 얼굴은 술 먹은 사람처럼 금방 홍당무가 되고, 법문하면서도 어벙해서 그 다음 법문을 잃어버리곤 한답니다. 외모가 예쁜 스님들은 인기도 많고 단아하고 맑고 법문도 잘 하는데, 제가 법문할 때는 이목집중도 안 된다는 생각이 드니, 법상에 서면 가만히 있던 무거운 심장까지도 두 근 반 세 근 반 법당을 뛰어다닙니다. 하하하, 그런데요, 이런 부족하고 쭉 정이 같은 나를 부러워하는 스님들도 있다는 것을 알고는, 어 느 날 자신감도 생겨나고 미소가 생기데요.

말을 잘하려면 먼저 남의 말을 잘 들어야 되잖아요? 저도 밥값 해야 한다는 심정으로 집중하고 노력했죠. 우리 출가자들은 불자님들의 보시로 먹고 살잖아요. 그래서 어떻게 하면 내용을 잘 전달할 수 있을까 하고, 입모양과 발음과 억양과 말하려는 의도와 재치, 유머, 그리고 내 자신만의 법문 스타일이 있어야겠다고 생각하고는 나름 연습했답니다.

그런데 사람이 그리 쉽게 바뀌나요. 나쁜 습관은 빨리 물들어도 좋은 습관을 들이기는 힘듭니다. 공부가 안 되다 보니 '이래 가지고 도대체 무슨 제도를 하나?' 오히려 열등감은 증폭되고 자존심이 더 상하면서 힘들어지데요. 또한 무지렁이인 내가 중생들을 참 많이도 속이고, 제대로 하지도 못하면서 절만 넙죽넙죽 받았던 것이 부끄러웠습니다.

그런데 어느 날 문득 깨달았어요. 내 자신을 인정하지 않고 남들과 비교만 하는 제 자신의 어리석음을요. 모자라면 모자란 대로 출가자로서 죽을 때까지 계율과 선정과 지혜를 공부하면 되는 것이고, 완벽한 스님이 되려고 하는 기약 없는 노력도 어느 순간 무의미하다는 생각이 들었습니다. 완벽한 부처님보다 인간적인 부처님이, 완벽한 스님보다 인간적인 스님이 저에게 어울린다는 판단이었어요.

출가 수행자들도 생로병사가 있으니 병들고 고통받기도 합니다. 그런데 스님들이 어쩌다 병에 걸리면 마치 법력이 없고 수행을 태만하게 해서 그런 것이라고, 다니던 절을 떠나는 분들이 있어요. 그런 분들 때문에 스님들도 자꾸만 사실을 위장하고 감추려고 합니다. 자신이 늘 부족한 존재라는 것을 인정하는 것이 하심下心이고, 겸손함이야말로 기도할 수 있는 근본 뿌리이기도 한데 말이죠. 제가 지금 이리 말은 하지만, 그래도 여전히 거사님과 똑같이 열등감 속에 살아간답니다. 그래도 죽고 싶으신가요? 하하하."

오늘도 나마스떼!

사람은 누구나 힘든 일이 한 가지 이상은 있을 거라 봅니다. 하지만 이를 잘 이겨내는 사람이 있는가 하면, 그 고통에 빠져 허우적거리는 사람도 있습니다.

　잘 이겨내는 사람은 얼굴에 미소가 가득 담겨 있고, 이겨내지 못하는 사람은 오만가지 인상을 찌푸리고 있습니다.

　"방법이 뭐예요?" 잘 이겨내는 사람에게 물었습니다.

　그 사람은 "특별한 방법은 없다."고 했습니다. 다만, 어차피 피하지 못할 일이라면 받아들이고, 또한 세상엔 죽기보다 힘든 일도, 죽을 만큼 힘든 일도 없기에, 마음을 편히 내려놓는다고 하였습니다. 그리고 그는 말했습니다. "모든 것은 지나가는 바람"이라고.

오늘도 나마스떼, 당신 내면의 영성에 경배합니다.

인욕바라밀

"내가 편하게 걸어 다니기 위해 온 땅을 가죽으로 다 덮을
필요는 없다. 내가 단지 가죽 신발 하나만 신으면 된다."
_샨티데바의 『입보리행론』 중에서-

인욕바라밀은 분노를 다스리는 수행이다. 분노나 미움의 대
상은 우리 바깥에 지천으로 널려 있어 그 많은 것과 싸워서는
이길 수 없다. 그러므로 남을 변화시키기 위해 애쓰기보다는
내가 변하는 것이 가장 효율적이다. 그러면 주변이 바뀌고 모
두 다 평화로워진다.

있는 그대로

자신이 원하는 대로 다 되면 오히려 위험합니다.

무엇이나 자기 마음대로 할 수 있다면 교만해집니다.

바란 만큼 기대에 미치지 못할 때가 오히려 집착을 끊을 수 있는 절호의 기회지요.

기대가 집착이 되지 않게 하려면 하는 일을 즐겨야 합니다.

모든 가능성을 그대로 존중하는 것이 지혜입니다.

4.
수행하기 좋은 겨울

눈 하나에 추억과 눈 하나에 사랑과

눈이 하염없이 내립니다. 군법당에 바쁘게 다녀와 미소방에서 커피 한 잔을 마시며 떨어지는 눈송이들을 헤아려 봅니다. 그리고 존경하는 윤동주 선생의 시를 마주합니다.

눈 하나에 추억과
눈 하나에 사랑과
눈 하나에 쓸쓸함과
눈 하나에 동경과
눈 하나에 시와
눈 하나에 어머니, 어머니.

혼자 눈 구경으로 분위기를 잡고 있는데, 멀리서 관음지 보살님이 모처럼 오셔서 정겨운 이야기를 나눕니다. 모락모락 김이 나는 군고구마라도 대접하려고 일어서는데, 정 사장님 부부가 영국에 유학 가는 막내따님을 위해 참배하러 오시어 다함께 차담을 나누었습니다.

잠시 후 혁재 거사 친구 분이 공장 상호를 지어달라고 오시고, 동두천이 나름 국제도시라고 늘 이야기하시는 순례 노보살님과 식구들이 오셔서 따님이 이혼한다며 답답한 신세한탄을 하고 돌아가셨습니다.

모든 분들의 아픔을 덮는 듯 눈은 계속 내립니다. 유리창 너머로 풍경을 보고 있자니 미소방을 참으로 잘 지었습니다.

오늘 마지막으로 미소방을 나선 불자님은 서울 상계동의 관음지 보살님입니다. 30년 가까이 천장만 보며 누워 있는 남편 간호를 모처럼 아들에게 맡기고 활짝 웃으며 오셨네요.

모든 중생이 고통을 피할 수 없지만, 눈이 내리니 아름다운 사바세계입니다. 관세음보살.

모든 것이 변하고 흘러갑니다. 고정된 실체는 아무것도 없기에, 모든 중생이 고통에서 행복으로 흐르기를. 관세음보살.

가족이 부처님입니다

 ~

당나라 때 양보란 사람이 있었다. 그는 일찍부터 불법에 심취해 있었다. 때마침 무제보살이란 사람이 있어 불법에 능통하다고 하자 기회가 왔다고 생각한 양보는 집을 떠나 먼 길을 출발하였다.

가는 도중에 찻집에 들러 간단한 요기를 하고 있는데 노인 한 사람이 양보에게 "어디로 가는가?" 하고 물었다.

양보는 무제보살이라는 훌륭한 스님이 있어 사천으로 그분을 만나러 가는 길이라고 대답했다. 그러자 노인은 다시 물었다.

"그분을 만나서 무엇을 하려고 하는가?"

이에 양보가 대답했다.

"불법을 이루어 부처가 되고 싶어서 찾아갑니다."

그러자 노인은 껄껄 웃으며 말했다.

"부처가 되고 싶으면 부처를 만나서 그분을 스승으로 삼으면 되지, 어째서 그 먼 길을 걸어 사천까지 가서 보살을 만나려하는가? 보살을 만나느니 부처를 만나는 게 좋지 않겠는가?"

그 말을 들은 양보는 반색을 하며 물었다.

"그러하면 노인께서는 부처가 있는 곳을 알고 계십니까?"

그러자 노인은 "알다 마다" 하고 부처님이 계신 곳을 말해주었다.

"지금 곧바로 집으로 가면 신발도 거꾸로 신은 채 뛰어나와서 맞는 사람이 있을 걸세. 바로 그분이 부처님이시라네."

그 길로 양보는 생각을 바꿔 집으로 돌아갔다. 밤늦게 집에 도착한 양보가 문을 두드리는데, 바로 그 순간 노인의 말처럼 신발도 신지 못한 채 달려 나오는 부처를 만나게 된다. 그 부처가 바로 어머니였던 것이다. 이에 크게 깨달은 양보는 이런 말을 남겼다.

"부처님은 집안에 있다."

지나간 것은 지나간 대로!

❧

우리는 불행해야 할 이유가 전혀 없습니다.

만회할 수 있는 것이라면 만회하면 되는 것이고

만회할 수 없는 것이라면 잊으면 그뿐이기 때문입니다.

그런데도 우리는 불행해 합니다.

지나간 것을 지나간 대로 결코 놔둘 수 없기 때문입니다.

우리는 늘 이렇게 말합니다.

"아, 그때 투자했어야 하는데. 그때 좀 더 열심히 공부했어야 하는데. 아, 그때, 그때…."

하지만 '그때'는 겨울에 찾는 봄날의 꽃처럼 지금은 없는 때입니다.

그래도 우리는 '그때'를 벗어나지 못하고 일생을 두고 후회하고 괴로워합니다.

마치 만회할 수 없는 것을 후회하고 불행해하면 다시 만회할 수 있다고 믿는 사람들처럼 그때에 집착합니다. 그러나 집착은 언제나 불행을 낳을 뿐입니다.

지나간 것은 지나간 대로 그냥 놔두는 것이 좋습니다.

그것은, 그때가 다시 올 수 없는 시간이기 때문입니다.

한 번 흘러간 물에 두 번 발을 담글 수 없듯이, 우리는 두 번 다시 그 시간대에 설 수 없습니다. 지난 그때에 대한 안타까움은 곧 불행이 되고, 새로운 시작의 길을 지워버리게 됩니다.

내게도 물론 '그때'가 있습니다. 하지만 이제 나는 지나간 것은 지나간 대로 놔두려고 합니다. 나는 이제 그때가 아니라 '지금'이 더 소중하다는 것을 알게 되었기 때문입니다

무상과 괴로움의 진리에서 무아를 알 때

부처님의 가르침을 배우고 말한다고 해서 즉시 성자가 되는 것은 아닙니다. 단지 성자의 가르침을 따르려는 의도가 있을 뿐입니다.

이러한 의도가 지속될 때 조금씩 부처님을 닮아가면서 완전하게 가르침을 계승할 수 있습니다.

이렇게 되기 전까지는 어쩔 수 없이 나는 괴로운 존재입니다. 붓다는 전지全知하고 전선全善하지만 전능全能하지는 않습니다. 그래서 가르침을 배우려는 사람은 오롯이 자기 힘으로 문을 열어야 합니다.

처음에 얻는 지혜는 무상無常과 괴로움의 진리(苦諦)입니다. 이 진리를 바탕으로 나라는 존재는 실제 '나라고 할 만한 것이 없다'는 무아無我를 알 때 최상의 지혜에 이르는 길에 들어섭니다. 마지막으로 자아가 없다고 알 때 갈애와 집착이 끊깁니다. 그 다음 인상, 중생상, 수자상을 깨면 성자가 되어 완전한 자유를 얻습니다.

부처님 고맙습니다

가족이나 친구와 함께 산을 오르지만 사실은 내 발로 나 혼자 올라갑니다. 그러나 혼자는 아니지요. 더불어 무소의 뿔처럼 가는 길이라고 할까요. 이 세계는 나 혼자 살면서도 인드라망으로 촘촘히 얽혀 있습니다. 내 가족과 이웃과 나라와 전 세계가 하나의 연결성입니다. 그 사실을 자각하고 행동하는 것이 부처님의 자비심을 배우는 길입니다.

혹한의 겨울 추위와 한여름 무더위 속에 외로움과 빈곤에 놓인 많은 사람들이 있습니다. 행복할 수 없는 상황에 처한 힘없는 아이들과 아픈 사람들과 노인들이 사회의 그늘에 가려져 우리와 함께 숨 쉬고 있습니다. 그분들은 우리를 부러워할 것입니다.

그분들처럼 우리도 풍족하게 다 가진 사람을 늘 부러워합니다. 부처님은 발우와 옷 세 벌 이외에는 가진 것이 없었습니다. 부처님에 비하면 우리는 가진 것이 너무도 많습니다. 그러나 주어진 것들에 기뻐하고 감사하는 마음 없이 날마다 그냥 보내기 쉽지요.

나는 어떤 복이 있기에 이렇게 무탈하게 살아가고 있을까, 하고 뒤돌아보는 사람은 행복한 사람들입니다.

스스로 깨닫게 되면 지금 내 조건과 내 상황에 감사드리며 더 열심히 살아가겠지요.

심각한 가난이나 병 없이 사는 것도, 자식들이 무탈함도 당연한 것이 아니라 눈물 나게 감사드릴 일이고, 내가 하는 이 일로 밥을 먹고 사는 것에도 감사하며 내 이웃을 향한 자비심을 내어야 합니다.

이번 삶에서 우리들이 부처님을 만난 일이 얼마나 눈물겹도록 아름답고 눈부신 일인지, 우리들은 진실로 희유하게 받아들여야 합니다.

그래서 오늘도 "부처님! 너무나 고맙습니다."

이 세상은 공짜

이 세상은 희유하게도 가장 귀하고 좋은 것은 다 공짜다.

눈부신 햇빛도, 우리가 숨을 쉴 수 있는 이 신선한 무한리필 산소도 무조건 다 공짜다.

남들보다 더 많이 가지려고 옆 사람의 눈치를 보지 않아도 되고 경쟁하지 않아도 되는 선물이다.

마음만 내면, 서로 자유롭게 내 생각과 철학과 종교를 논의하고, 서로 조율하며 소통하는 것도 무조건 다 공짜가 아니겠는가.

눈에 안 보이는 믿음, 평화와 이 행복도……, 남을 배려하는 친절도 서로 주고받지 사고팔지는 않는다.

그러니, 내가 가진 것이 조금 많다고, 남들보다 조금 더 많이 안다고 목소리에 힘주지 말아야 하고, 반대로 내 것이 남들에 비해 조금 적고 내 마음대로 안 되었다고 한들 기죽을 이유가 하나도 없다.

살아가다가 뒤돌아보면 알게 되는 진리다.

언젠가 이 세상에 없을 당신을 사랑합니다

~

죽음을 명상하는 것에 대하여 언젠가 이런 이야기를 나눈 적이 있습니다.

"지금 죽을 수 있겠는가?" 하고 물었을 때 "예." 하고 대답할 수 있을 만큼 일체를 다 내려놓고 살자고. 지금 죽을 수 있는 사람이라면 세상을 참으로 행복하고 자유롭게 살아갈 수 있을 거라고.

내가 만일 내일 죽는다면 과연 무엇을 하며 오늘 하루를 보낼까? 내일 죽더라도 여한 없이 오늘을 살고 있는가? 내일 죽더라도 미련 없이 이번 생을 마감할 수 있겠는가? 그동안 붙잡아 왔던 이 삶의 집착들을 다 놓아버릴 수 있겠는가?

내일 내가 죽지 않는다고 누가 보장할 수 있을까요?

그냥 하는 말이 아니라 진실로 '나는 내일 죽는다'라고 생각하고 보니, 결코 간단히 오늘을 살 일이 아니라고 여겨졌습니다.

지금 매 순간순간이 중요해지고, 순간순간 최선을 다해 살지 않을 수 없게 되며, 어리석게 이것저것 붙잡고 집착하지 않게 됩니다. 그러다보니 또한 자연스럽게 주위에 자신이 가진 것을 베풀 수밖에 없어집니다.

이처럼 내일의 죽음을 준비한다는 말은 첫째는 '일체를 놓음(放下着)'을 의미하며, 둘째는 '최선의 정진'을 뜻하고, 마지막은 '보시의 실천'이 뒤따르게 됩니다.

내일 죽을 사람에게 집착이란 아무짝에도 쓸모없는 일이기에, 지금까지 집착하고 있던 정신적·물질적 모든 잡음을 일순간 정리하여 놓을 수 있게 됩니다.

'내일 죽는다'는 것을 인정하고 마음에서 수용하고 보면 그간 절대 놓지 못할 것 같은 것들도 쉽게 놓을 수 있게 됩니다. 죽을 사람이 무엇에 얽매이며, 무엇을 가져가겠다고 집착하겠습니까?

또한 지금까지 쌓아 놓은 재산이며 일체의 '내 것'들을 마음 편히 이웃에게 회향하여 베풀 수도 있게 됩니다.

오늘 하루를 한 치의 후회도 없이 살 수 있으며, 지금까지 살아오며 잡아왔던 모든 것을 다 놓아버렸기에 그 어떤 것에도 아랑곳하지 않을 수 있게 됩니다.

언젠가 이 세상에 없을 당신을 무지무지 사랑합니다.

가슴 답답한 이야기

⚭

어제 한 아가씨와 가족이 우리 절에 방문하였습니다. 50대인 엄마 아빠는 인근 공장에 다니는 순박한 인상의 평범한 사람들이었습니다.

딸이 3년 전에 몸이 아파 병원에 가도 차도를 보이지 않자, 급한 마음에 무당집을 찾아간 것이 화근이 된 듯합니다.

무속인이 "굿을 안 하면 이 아이가 죽는다."고 해서 3일 동안 내림굿을 하여 신을 받았는데, 잡신이 왔는지 요즘은 딸을 재우지도 않고 전처럼 또 힘들게 한다고 합니다.

그래서 답답한 마음에 엄마가 그 무속인에게 가서 딸이 또 저런다고 하소연하였더니, 이번에는 순박하고 착해 보이는 엄마에게 '당신이 신을 받지 않으면 딸이 죽게 될 거'라고 엄포를 놓았답니다.

부모가 자식의 장래를 걱정하는 것은 당연지사. 마음이 약해진 엄마는 그 분위기와 엄포에 못 이겨 이번에는 자신이 내림굿을 받겠다고 날짜를 정하고 계약금도 일부 보냈습니다. 그리고 남편에게 이야기하였더니, 이러다가 온 가족이 내림굿

판을 해야 하는 터무니없는 일이 벌어지겠다고 상황을 직시하게 된 모양입니다.

그래서 이번에는 '무당에게 물어보지 말고 스님에게 물어보자. 과연 이 길이 맞는 길인가? 다른 방법은 없을까?' 하고 어떤 절을 방문하여 물었더니 천도재를 해야 한다고 권유받았다고 합니다. 비용도 꽤 큰 금액이고, 사실 그동안 무속인에게 "네가 절에 가서 부처님 발에 엎드리면 천벌과 재앙을 받게 되니 알아서 하라."는 말로 세뇌 당한 모양입니다. 굿 날짜는 다가오고, 너무나 가슴이 답답하여 아침 일찍 집밖을 나섰다가 자신들도 모르게 무심정사까지 오게 되었다는 것이었습니다.

무당처럼 화장을 덕지덕지 짙게 하고, 아무 말 없이 앉아 있는 소연이라는 참 예쁜 이름의 24살 아가씨는 눈에 따스한 기운이 전혀 없는, 인생에서 가장 찬란할 나이의 꽃다운 아가씨의 모습은 전혀 찾아볼 수가 없었습니다.

소연이의 의식에 침투하여 아이를 로봇처럼 조종하는 사이비종교, 엄마 아빠도 할 말을 잃고, 막대기처럼 그저 앉아 있는 딸. 1분여의 정적이 흘렀습니다.

잡신인지, 자기최면에 걸린 것인지 가늠할 수 없지만, 말없이 눈에 살기만 띠고 있는 소연에게 조용히 물어보았습니다.

"왜 너는 그 길을 선택했니? 아무것도 모르는 미성년자도 아니고 부모가 권유해서 하였다고 해도, 그 길이 어떤 길인지 정말 모르고 그 길을 들어선 거야? 지금 아가씨의 모습에 대해서 정신력이나 다른 종교의 힘을 빌어서 극복할 수도 있었을 텐데 말이야. 스님 절에 와서 기도하는 사람들도 많아. 고통스러운 현실이지만 행복하게 살려 노력하고 기도하며 이겨내고 함께 즐겁게 살아가고 있어."

제 말을 들은 딸의 대답이 저를 더욱더 놀라게 했습니다.

"잠을 도통 안 재워서 가서 물어보고 내가 신을 받았다. 신을 받고 나니 잠도 잘 오고. 하지만 직장에 다니면서 요즘 들어 또 몸이 아파오기 시작하는데, 며칠 전에 꿈속에서 울긋불긋한 장군들이 나를 무조건 끌고 가서 문을 턱 닫아걸고 내년이면 25살 되는데 그때 내가 죽게 된다고 했다. 빨리 니(엄마를 가리킴)가 신주를 받아야 내가 이 고생 안 하고 잠도 잘 자고 아프지 않게 된다고 하였다."

두 눈에 살기를 띠고 미동도 안 하며 아빠 엄마한테 하대하는 딸이 안타깝기만 하였습니다.

"소연아, 그럼 어제는 어떤 꿈꾸었는데?"

어제는 모처럼 푸욱 잤다고 하였습니다. 절에 오는 줄도 모르고 잘 잤는데, 오늘밤에 잠이 안 올까봐 걱정이라는 것이었습니다.

"소연아, 스님도 아프면 병원에 가. 스님도 기도하는 사람이지만 과학을 믿고 의술을 믿고 산다고. 지금이 어느 시대인데 굿을 하고 신을 받고 휘둘림 당하며 살아? 옛날에는 우리 할머니들이 시골에 병원도 없으니 아프면 무당에게 가서 빌고 굿을 하였지만, 지금은 첨단 과학시대야. 네가 스마트폰으로 각 나라 언어로 서로 자유자재로 통화할 수 있는 시대에 무당에게 의지하여 스스로 고통을 자초하다니, 너는 우리나라 50년대에 사는 아이로 바뀌어 버렸니? 어쩌면 이렇게 안타까운 일이 21세기에 벌어지니.”

가만히 듣는 딸아이에게 강하게 말을 이어갔다.

“지금의 너는 네가 아니야. 스스로 시나리오를 써서 숨는 거야. 정신 차려! 그리고 너 멀쩡하면서 왜 무속인 흉내를 내고 그래? 뭐가 무서워 벌벌 떨어? 그리고 20일간 잠을 못 자도 죽지 않아. 몸은 원래 자동이라 피곤하면 저절로 잠이 오게 되어 있으니까. 너의 뇌와 의식이 문제인 거지 몸은 아무런 문제가 없다니까. 어느 착한 선신이 엄마 아빠를 자기 하인처럼 하대하고 명령하는 오만방자한 딸을 돕겠다고 하며, 설혹 어느 착한 선신이 있다 해도 생각과 마음과 행동이 무지하고 욕심 많고 어리석은 너한테 날마다 들어가서 살겠어!”

아빠 엄마는 아직은 그동안 무당으로부터 받은 세뇌에서 완전히 벗어날 수 없겠지만 그래도 조금은 마음의 변화가 일어난 듯했습니다.

엄마에게 종교에 귀의하여 열심히 기도하면 이겨낼 수 있다고, 또한 쉽지 않은 일이지만 잘못된 습을 고치려고 하는 것이 수행이니 지금이라도 바른말을 해주는 분들과 가까이하라고 했습니다.

하지만 제가 하는 조언이 그 가족들 귀에 들어갈 리 만무이겠다 싶더군요. 그래서 결국, 그 길을 가고 싶다면 가도 상관없지만 무속을 종교처럼 신앙하려면 공부가 필요하고 수행이 필요하다는 조언으로 마무리해 주었습니다.

겁을 잔뜩 먹고 있었지만, 다행히 그 엄마는 신내림 받는 것을 일단 취소하겠다고 하였습니다.

내가 없다면, 이 세상에 내가 없다면 부처님도 하느님도 가족도 아무 필요가 없어집니다. 나도 좋고 남도 좋은 삶이라면 무엇을 걱정하겠습니까? 먼저 자신이 행복해야 합니다. 내가 세상에 나고서야 세상이 있는 것입니다.

내가 없다면 이 우주와 세계는 아무런 의미도 없습니다. 내가 없다면 나와 연관된 세상의 모든 일이 무슨 소용이 있을까요?

내가 이 우주의 주인이요 중심입니다. 그런 내가 누구인지를 모른다면 세상에 대해 아무것도 모르는 것이나 마찬가지입니다.

자신에게 속고 무당에게 속은 그 가족에게 경을 읽으라고 한들 그들이 과연 읽겠습니까? 절을 해보라고 한들 그들이 하겠습니까!

예쁜 24살 아가씨의 정지된 듯한 눈동자가 오랫동안 기억에 남아 있어서 이렇게 독백하듯이 쓰게 되었습니다.

그리고 이 가족의 안타까운 사연을 통해, 우리가 불법을 만난 인연은 더 없는 행복이고 가피이고 은총임을 다시 한 번 감사하게 생각하는 계기도 되었으면 합니다.

오늘도 항상 어느 인연처에서나 바른 진리인 부처님 법을 늘 가슴에 새기면서 좋은 생각으로 또 하루를 열어가길 바랍니다.

나를 알아차리는 일, 참으로 대견하고 자랑스러운 일입니다.

추운 겨울 따뜻한 마음

어제는 군 포교를 하시는 천진행 보살님이 모처럼 오셨습니다.

"왜 이리 그동안 소식이 없으셨어요?"

"스님께 항상 죄송스러워서요. 힘든 거 뻔히 아는데도 도움도 못 드리고 항상 마음의 짐만 얹혀드려서요."

빙그레 웃으시는 천진행 보살님 얼굴에 부처님 미소가 스쳐지나갑니다.

무심정사에 오시면 후원금을 살짝 보태드리고, 부처님께 올렸다 내린 과일들을 알뜰살뜰 모아 초코파이와 함께 최전방 군인 포교하는 데 쓰라고 드리고, 또는 장병들 주라고 합장주를 모아드리기도 합니다.

"겨울이 오니 무심정사가 참 썰렁하지요? 겨울은 스님들에게는 인고의 세월입니다."

"아니에요. 무심정사는 도량이 참 편안해요. 스님을 뵈면 마음이 훈훈해지고 저도 모르게 용기가 생겨요."

하얀 눈이 오는 겨울이면 작은 사찰에서는 난방비도 걱정입니다. 사찰들은 접근성이 좀 떨어지는 곳에 있는 경우가 많고,

불자들도 대부분 노인들이다보니, 겨울에는 살림살이가 더 어려워집니다.

천진행 보살님이 주지 스님들을 찾아가 군 장병 포교 이야기를 하면 고개를 끄덕이지만, 후원금이라도 얻을라치면 안색이 굳어진다고 합니다. 사찰에서 쌀 후원조차도 못 받는 경우가 허다하다고 하는군요. 그래도 불전에 올린 공양미를 내어주는 스님들이 계셔서 무거운 쌀을 낑낑 짊어다가 일부는 가래떡을 뽑아서 장병들에게 떡볶이나 꿀떡을 해주기도 하고, 나머지는 쌀집에 부탁하여 돈으로 환전하여 간식비나 불사에 보탠다고 하네요.

"보살님, 그래도 12월은 참 다행이에요. 예수님 덕분에 땡큐지요. 교회에 성탄절이라도 없어 봐요. 얼어붙은 군대에서 우리 군인 아이들 무슨 재미로 이 겨울을 보내겠습니까?"

"스님, 지난번에 장병들에게 '올 한해도 다 가는데 무엇이 가장 먹고 싶니?' 물었더니 다들 이구동성으로 '통닭이요!' 하더라고요. 교회는 돈이 많아서 통닭을 시켜주고 음악회도 열어주고 선물도 주고 신나게 연말을 보내게 해주나 보더라고요. 그래서 생각한 것이, 경동시장 가서 닭 30마리 사서 부대에 조리기구랑 주방기구랑 있으니 군법회 끝나고 망년회 해주려고요. 우리 아이들, 집에서는 다들 귀한 아들인데도 왜 그리 군대에 오면 라면 하나라도 맛있어 하는지요. 법당에서 먹는 잔치국수도 맛있어 하고요. 스님, 저는 그냥 아이들 얼굴만 보면 참 좋아요. 이렇게 저에게 웃음을 선사해주니, 분명 아이들이 저에게 회향해주는 것 같아요."

나눔은 그냥 주어서 행복합니다. 베풀겠다는 생각도 없고 받겠다는 생각도 없어야 합니다. 베푼다는 생각을 하면 받겠다는 생각이 나기 때문입니다.

내가 어떤 사람에게 무엇을 주었는지 안 주었는지 기억하지 마세요. 그것이 무심無心입니다. 무심에서 출발하는 게 집착 없이 베푸는 무주상보시無住相布施입니다.

무심히 내리는 하염없는 눈발을 보면서 어떤 이는 슬프다 하고 어떤 이는 아름답다고 하겠지요. 눈이 달라서가 아니라 서로의 생각과 느낌이 다르기 때문입니다.

흐르는 세월을 두고도 어떤 이는 빠르다 하고 어떤 이는 느리다고 합니다. 시간이 달라서가 아니라 우리들 생각이 다르기 때문입니다.

나누고 베푸는 사람이 세상 최고의 부자라는 마음으로 함께 이 추운 겨울 따뜻하게 살아갔으면 좋겠습니다.

49일, 남은 자들의 슬픔

〰️

한 사람이 태어나서 죽음을 맞이할 때까지 한 인생을 보면 대하소설 한 질 분량이고, 사연 하나하나가 흥미진진하기도 안타깝기도 부럽기도 한 신비로움 그 자체이다. 누구 하나 똑같은 삶이 없듯 누구 하나 똑같은 죽음도 없다.

돌아가시는 분들은 종종 배웅하는 유족들에게 깊은 상처를 남기고 떠나기도 한다. 우울증에 시달리다 자살하는 사람들과 갑자기 어린 나이에 사고로, 병으로 이별을 맞이한 가족들의 슬픔은 쉽게 잊히지 못하고 그들의 삶을 흔든다.

그런 유족들에게 망자의 49일 환생에 관한 약속은 어떤 의미에서 힘이 되어준다. 불교에서는 49일을 환생기간이라고 하여 가신 분의 명복과 왕생극락을 발원코자 49재 불공을 올린다. 이를 통해 망자는 발복하고 유족들은 위안을 받는다. 그런데 지금 대한민국 불교의 49재는 돈이 많이 든다. 가난한 신도들도 두루 아우르는, 각자의 살림형편에 맞는 편안한 49재가 되어야 한다고 늘 생각한다.

그리움에 잘못했다는 참회와 용서의 눈물로 망자를 배웅하는 유족도 있고, 너무나 덤덤한 유족들도 있다. 그러나 간 자는 모두 말이 없고, 남은 자는 말한다.

"잘 가셨겠지요, 스님?"

이럴 때 말이란 얼마나 거추장스러운지, 고인이 살아낸 결과로 다음 생을 받는 걸 알고 있는데, 대부분 망자가 어떻게 살았는지 모르는 경우가 대부분이어서 솔직히 어떤 말을 해야 할지 모르겠다.

겨울 흰 눈이 펄펄 내리는 날 49재를 지낼 때의 일이다.

"스님, 눈이 정말 많이 오네요. 눈이 오면 자손들이 잘 산다고 하는데 맞나요? 불쌍한 우리 형부. 정말 잘 가셨겠지요?"

그렇게 믿고 싶은 것이 중생심이다. 재를 주관하며 고인이 좋은 결과 얻기를 발원하는 마음으로 "그래, 그래." 이 정도의 위로밖에는 할 수 없다.

"인생이 이렇게 허무하니, 앞으로 어떻게 살아야 참으로 지혜롭고 행복할 수 있을까요?"라고 물어보는 유족은 아직 한 사람도 없었다.

생은 어느 곳으로 좇아 왔으며,

사는 어느 곳으로 향하여 갈 것인가.

산다는 것은 한 조각 뜬 구름이 일어남이요,

죽는다는 것은 한 조각 뜬 구름이 멸함과 같다.

뜬 구름이란 본래 실함이 없는 것이니,

생사의 가고 오는 것도 또한 그와 같도다.

참나, 주인공 그 한 물건은 분명히 있어서

항상 뚜렷하며 담담하고 깨끗하여 생사에 따르지 않는다.

_『석문의범』

여러분, 그 담담하고 깨끗한 이 한 물건은 무엇일까요?

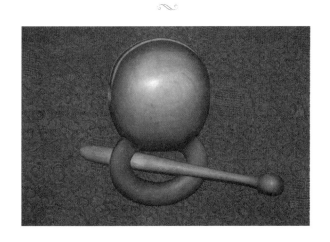

멈춤(止)

선생님이 학생들을 열심히 바르게 가르쳐야 하는데, 정말로 아무것도 하고 싶지 않을 때가 있어요.

판사가 정확하고 공평하게 집행해야 하는데, 어느 순간 과연 나에게 이렇게 심판할 권리가 있는 건지, 회의감과 참회하는 마음에 아무것도 하고 싶지 않을 때가 분명 있지요.

열심히 돈 벌러 가서 일을 해야 하는데, 갑자기 이 일을 꼭 해야만 하나, 절망스러워 멈추고 싶을 때가 있습니다.

수행자로서 끊임없이 수행해야 하는데, 이렇게 수행해도 되는 걸까, 잠시 가만히 있을 때가 있지요. 살다보니 가끔씩 나도 모르게 멈추어질 때가 있더라고요.

멈춘다는 것은 하고 싶지 않다는 것이 아니라 되돌려 살펴보는 순간입니다. 문득 내 맘에, 내 생각에 의문이 드는 것을 살펴보는 것입니다.

시간도 멈추게 하고 공간도 멈추게 하면서 잠시 나만을 지켜보는 멈춤이지요. 자기 자신한테 엄격하게 잣대를 돌린다는 표시입니다.

멈추어야 우리는 다시 움직이고 달리고 뛸 수가 있지 않겠어요? 그래서 몸은 잠을 필요로 하고 마음은 멈춤이 필요합니다.

멈추면 고이게 되고 고이면 썩게 되면서 세상의 낙오가 된다는 말은 단편적인 생각입니다. 멈추지 못하는 사람은 자기 가속도에 결국 파멸합니다. 브레이크가 없는 차가 어떻게 되겠습니까?

현자들은 아주 가끔씩 때를 알고 멈추지요. 수행자인 스님들도 겨울과 여름에 안거에 듭니다. 안거는 '멈춰서 바라보기' 위한 것으로, 이를 지관止觀이라 합니다.

에너지와 열정을 아주 작게 쪼개고 또 쪼개면 필경 맨 마지막에 남는 것은 멈춤입니다. 멈추어 되돌아보니 그동안 최선이라고 생각한 내 행위가 최선이 아니었구나 싶네요.

'일없는 것이 나의 일'이라고 일갈하셨던 경허 선사님을 떠올리면서 겨울철 솔바람 소리를 마음으로 느끼며 미소방에서 차 한잔 합니다.

부처님 성도재일

부처님의 생애에서 가장 뜻 깊고 가장 추념해야 할 4대 재일 중 성도재일은 시기적으로 한해를 끝내는 달인 음력 12월 8일로 추운 겨울날이다.

성도재일은 싯다르타 왕자가 왕궁의 부귀영화를 모두 버리고 29세 때 출가하여 6년을 하루같이 수행하시고는 결국 아뇩다라샴막삼보리심, 우주의 대진리를 깨달아 부처님이 되신 날이다.

새벽 별을 보신 부처님은 이제 오직 대광명, 대환희, 대자비심이 충만하시어 우리 중생에게 그 환한 길을 열어 보여 주시고 그 길로 가도록 인도해 주셨다. 부처님은 성도 직후에 범천의 권청으로 법을 전하기로 결심하시고, 녹야원에서 다섯 비구에게 처음으로 법을 설하셨다. 우리가 중생인 이유는 고통에 있고, 고통의 원인은 집착에 있으며, 고통을 영원히 없애는 길은 도를 닦는 것이라며, 고집멸도苦集滅道 사성제四聖諦의 진리를 설하셨다. 이 고귀한 사성제로만으로도 깨달음을 얻는 분들이 많다.

그러나 어리석음, 두려움인 무명無明에 싸인 우리 중생의 하열한 근기로는 단박에 알지 못하기에 대자대비한 부처님은 모든 중생의 근기에 맞춰 8만4천 법문을 설하셨다.

싯다르타 태자는 오랜 고행으로 극도로 쇠약해진 몸을 이끌고 동굴을 빠져나와 '수자타' 소녀로부터 유미죽을 얻어 잡수시고 기운을 차리시고는 나란자강에서 목욕을 하시고 강을 건너 깊은 숲속으로 들어가셨다. 보리수 아래 금강보좌에 앉으시면서 '내 진정한 깨달음에 이르기 전에는 결코 이 자리에서 일어나지 않을 것이다.'라고 결심하고 깊은 선정에 드신 지 7일째, 새벽 별을 보는 순간 위없는 깨달음의 진리에 이르셨고, 결국 부처님이 되신 것이다.

부처님은 모든 이들의 이익과 안락을 위해, 고통 속에 헤매는 중생을 구제하기 위해, 도솔천 천상의 영화를 버리고 이 사바세계로 내려오셔서 성도하신 분이다. 보리수 아래서 깨달으신 12연기十二緣起의 진리는, 모든 것은 변하고 실체가 없다는 무상無常이며, 무상이기에 우리 중생이 나라고 집착하는 자아自我는 실상이 아니고 무아無我며 공성空性이라는 것이다. 또 이 세상의 모든 것은 변화의 원인이 있으며, 원인으로 생기고, 원인으로 사라지고 소멸되며, 이러한 인연법에 의하여 나고 죽는다는 것이다.

"이것이 있으므로 저것이 있고, 이것이 일어나므로 저것이 일어난다.

이것이 없으면 저것도 없고, 이것이 멸하면 저것도 멸한다."

불교 4대 재일은 탄생재일인 음력 4월 8일, 출가재일인 음력 2월 8일, 성도재일인 음력 12월 8일, 열반재일인 음력 2월 15일이다. 이 가운데 무엇 하나 뺄 수 없지만, 엄격한 시각으로 보면 불교의 시작은 부처님이 성도하여 아뇩다라샴막삼보리, 무상정등정각無上正等正覺을 얻으신 12월 8일로 봐야 한다. 남방불교와 티베트불교에서 성도재일을 크게 기념하는 것과는 달리, 한국불교에서는 초파일을 가장 성대하게 지낸다.

불자의 올바른 신행관은 먼저 믿고(信), 바르게 알고 이해해야(解) 한다. 부처님의 바른 말씀을 바로 믿고, 바르게 배우며, 바르게 실천하여 증득(證)하고자 하는 것이 수행이다. 우리는 이것을 생활 속에서 실천으로 옮길 때 행복하고 즐거운 삶이 보장된다는 것을 믿고 행하여야 한다. 행복과 즐거움은 결코 밖에서 찾아지는 것이 아니다. 이것이 성도재일에 부처님이 주시는 가르침이다.

이제야 이야기하지만…

❧

4일 전부터 절에 물이 안 나옵니다. 산속이라 수도관이 얼었나? 분명 큰 공양간의 물을 밤새 쫄쫄쫄 틀어놓았는데……

무심정사 카페 '한 줄 메모'에 물이 얼었다고 올리면 아랫동네 멍텅이 님이 득달같이 생업을 던져버리고 달려오실까봐 올리지 못하고 그저 "어쩌지"만 연발했습니다.

아침마다 마당 수돗가에서 쫄쫄쫄 나오는 물을 받아서 쓰는데 이게 여간 귀찮은 게 아닙니다. '에이, 깊은 산속에 물 없이 수행한다고 생각하면 되지 뭐!' 마음 편히 먹었습니다만 하루, 이틀, 3일이 지나니 아이고, 세탁기도 못 돌리고 청소는 물론 당장 화장실 변기 내리는 물도 없어 힘이 듭니다.

무엇보다, 절에 오시는 불자님들이 화장실을 득달같이 이용하는데, 내리는 물이 없어서 미소방에 향기가 진동하여 미소가 아니라 쓴웃음을 짓게 됩니다. 하하하!

그런데 새해 첫날 무진의 보살님 남편이 갑자기 절에 가자고 했답니다. 장거리 운전을 해야 하는 남편에게 보살님은 눈치가 보여 쉽게 무심정사에 가자는 말을 못하는 처지였습니

225

다. 경남 삼천포에서 동두천까지 6시간, 왕복 12시간을 운전하고 오가자면 결코 쉬운 일이 아닙니다.

군법당에 갔다 와서 뒷마무리를 하고 있는데 무진의 보살님 부부가 들어왔습니다. 설거지할 것들을 쌓아놓고 물이 안 나온다고 하니, 거사님이 갑자기 십자드라이버 하나를 들고 갑니다. 지하수 우물가로 성큼 가시더니 무거운 뚜껑을 열어 몇 번 딸그락 딸그락 하니 물이 쏴~ 시원하게 쏟아져 나옵니다. 얼어붙어서 안 나온 것이 아니라, 부속품 하나가 고장 나서 물탱크에 물이 공급되지 않아 안 나온 것이랍니다.

이제야 이야기지만, 무진의 보살 거사님이 무심정사에 오신 게 절 수도를 고쳐주러 오신 거 맞지요? 참으로 희유하고 신통방통한 일입니다.

부처님, 참 신기하고 고맙습니다. 거사님은 삼천포에서 수십 년간 지하수에 관련된 일을 업으로 하시는 분입니다. 그런 거사님을 삼천포 바닷가에서 동두천 산속 무심정사까지 먼 길을 마음 내 오시게 해서 무심정사 생명수를 샘솟게 해주셨습니다.

나무석가모니불, 나무관세음보살! 너무나 고맙습니다.

무엇이 선이고 무엇이 악인가

날씨가 꽤 쌀쌀합니다. 날이 차면 공기는 쩽쩽하고 맑고 투명합니다. 오늘은 무엇이 진짜 선이고, 무엇이 진짜 악인가를 옛이야기를 통해 살펴 보겠습니다.

어느 날 선비들이 모여 스님과 부처님이 어떤 분이신지, 어떤 가르침을 펴셨는지 설왕설래 토론을 했다고 합니다.

유생①: 불가에서는 선악의 인과응보를 논할 때 마치 그림자가 형체를 따라다니는 것과 같다고 했는데, 어이하여 어떤 사람은 착하게 살았는데도 그 후손은 도리어 가난하면서 흥하지 못하고, 어떤 사람은 그렇게 악한데도 도리어 그 가문이 번창하고 돈이 돈을 벌고 하는지요?

스님: 당신이 생각하는 선과 악이 무엇입니까?

유생②: 사람에게 욕설하거나 때리는 것은 악이고, 사람을 공경하거나 사람에게 예를 갖추는 것은 선입니다.

스님: 반드시 그런 것은 아니지요.

유생③: 재물을 탐하는 것은 악이고, 청렴결백하고 자신의 본분을 지키는 것은 선입니다.

스님: 반드시 그런 것은 아니지요.

유생④: 남의 부인과 간통하거나 사음하는 것은 악이고, 남편을 봉양하며 자식들을 사랑하는 것은 선입니다.

스님: 반드시 그런 것은 아니지요.

유생⑤: 그럼 스님이 생각하시는 선과 악은 과연 무엇인지요?

스님: 남에게 이로운 것이 선이고, 자신에게 이로운 것은 악이지요. 남에게 이로우면 남을 때리고 욕하는 것도 모두 선이고, 자기에게 이로우면 남을 공경하고 예의를 지극히 모두 갖추는 것조차도 모두 악이지요. 무릇 선을 행해도 남들이 알아주는 것은 드러나는 선이고, 선을 행해도 남들이 모르는 것은 은밀한 선입니다. 은밀한 선행은 하늘이 보답해주고, 드러나는 선행은 세상의 명예를 누립니다. 선행과 악행도 참으로 그 크기가 하늘과 땅 차이처럼 가지가지입니다. 물론 스스로 받는 복덕도 그 결과가 가지가지겠지요.

새해 복 많이 받으세요!

〜

우리는 날마다 부처님을 뵙고 삼배로 귀의하고 인사를 올리지만, 사실 살아있는 부처님을 본 적은 없습니다. 그래도 절에 가서 기도하고 법당을 찾으며 불확실한 나의 현재와 미래를 조금이나마 위로받고 안심하고 옵니다.

어떤 분이 급하게 인터넷 카페에 쪽지를 보내왔습니다. 불자님이신데 외아들이 갑자기 뇌질환으로 쓰러져서 혼수상태라고 합니다. 중환자실에 날마다 식물인간처럼 누워 있다고 합니다. 그분은 세상에 태어나서 처음으로 가장 절실하게 차디찬 법당에서 울면서 부처님을 부르며 날마다 절을 하고 있다고 합니다.

'내가 열심히 기도하면 나으리라'는 굳은 믿음을 가지고 간절히 기도하면 분명 가피가 있을 것입니다. 부처님 대하기를, 마치 어린아이가 엄마를 믿고 대하는 것처럼 해야 합니다.

그 어머니를 위하여 기도를 올려주고 싶어서 방편으로 아이가 입었던 옷을 보내달라고 하였습니다. 저도 기꺼이 어머니의 마음으로 기도에 동참하고자 함이었습니다.

 한해를 보내며 연말이다 새해다 바쁩니다. 모두들 아쉽다고 송년회도 하고 후회도 하고 또 새해 계획을 세웁니다. 찬란한 새해가 오면 모든 게 다 잘될 것이라고 바람을 가지지만, 마음 한쪽은 '진짜 될까?' 하고 불안해합니다. 100%의 믿음이면 반드시 기적이 일어나지만, 믿음이 80%만 되어도 바람은 성취될 것이라고 저는 생각합니다. 그러니 순수하게 아이와 같은 마음으로 기도하고 새해를 축복하며 맞이하시기 바랍니다.
 부처님께 바라는 바가 있다면 먼저 주위 사람들에게 사랑과 관심으로 자비심을 증장해야 합니다.

 당신은 오늘 부처님 생각을 하면서 하루를 시작하십니까!

눈 오는 날

미소방 너머로 겨울 눈발이 희끗희끗 휘날리는 풍경을 보니, 갑자기 지하도의 차디찬 바닥에 누워 자고 있을 노숙자들 생각이 납니다.

노숙자들은 거의가 남자들입니다. 한때는 잘나가는 사업가였었고, 부인과 자식과 부모님도 있었을 텐데, 그분들에게 이제는 차디찬 시멘트바닥과 망가져가는 몸과 마음만 있습니다. 가끔씩 지나가는 사람이 동정심에 주는 동전 몇 푼을 모아 독한 소주로 언 몸과 절망감을 녹이는 노숙자들이 눈 오는 오늘따라 왜 갑자기 떠오르는지……

우리들은 정부에 대고 욕하고 대통령에게 삿대질해도, 노숙자들은 그런 불만을 성토하지 않습니다. 왜? 생각하는 힘을 잃어 귀찮기 때문입니다. 이들이 가진 최고의 재산은 자는 집이 되기도 하고, 이불이 되기도 하고, 옷이 되기도 하는 종이박스입니다. 이렇게 가진 게 없으면 초연하고 달관할 것 같아도 이분들은 종이박스를 가지고 싸웁니다. 형태만 다르지 생존의 집착은 여느 사람과 다르지 않습니다. 그래서 중생심은 무명無

明입니다.

저는 부처님께 올리는 과일박스를 따로 챙겨 분리수거하기
가 귀찮아서 어떤 땐 소각해버리곤 하는데, 이 종이박스조차
도 어떤 이에게는 세상에서 제일 소중한 물건이 될 수 있다고
생각하니, 갑자기 미안한 마음과 함께 눈물이 납니다. 눈 내리
는 아련한 풍경 탓도 있겠지만요.

빈 배

한 사람이 배를 타고 강을 건너다가 빈 배가 그의 배와 부딪치면, 그가 아무리 성질이 나쁜 사람일지라도 화를 내지 않을 것이다. 왜냐하면 그 배는 빈 배니까.

그러나 배 안에 사람이 있으면 그는 그 사람에게 피하라고 소리칠 것이다. 그래도 듣지 못하면 그는 다시 소리칠 것이고, 마침내는 욕을 퍼붓기 시작할 것이다. 이 모든 일은 그 배 안에 누군가 있기 때문에 일어난다. 그러나 그 배가 비어 있다면 그는 소리치지 않을 것이고 화내지 않을 것이다.

세상의 강을 건너는 그대 자신의 배를 빈 배로 만들 수 있다면 아무도 그대와 맞서지 않을 것이다. 아무도 그대를 상처 입히려 하지 않을 것이다.

가는 겨울, 장자 선생의 빈 배를 떠올리며. 나무석가모니불.

부처님 가르침이 뭔지 아는 사람?

일요일 군법당에서 법회를 보는데 두런두런 소리가 너무 심하게 들려서 예불이 끝나고 뒤돌아 한마디 하였습니다.

"거기 떠드는 장병들 말이야! 잠깐 밖에 나가서 이야기하고 간식타임에 들어와 줄래? 스님이 보기에 전차대대가 제일 여법하고 불심이 깊다고 알았는데, 어찌 예불 보는 데 큰소리로 잡담을 하누!"

목이 잠겨서도 열심히 예불하는데 스님 목소리보다 더 크게 아무렇지도 않게 떠들어대는 녀석들에게 야단을 치자 금방 찬물을 끼얹듯 조용해졌습니다. 장병 아이들은 조용해졌는데, 이번에는 식사 봉사한다며 함께 오신 보살님들 목소리가 너무 커서 귀에 거슬립니다.

'이런! 보살님들이 저러니 아이들도 따라 하는구먼.'

예불이 끝나고 드디어 법문시간, 법문시간은 어느 군법당이고 피곤한 장병들이 조는 시간입니다.

"스님이 따악 3분만 이야기한다. 자네들, 여기가 법당인 것은 아는데 부처님은 황금빛 형상으로 반짝반짝 빛나니 눈으로 보아 알 것이고, 그럼 부처님이 사람들에게 과연 무슨 말씀을 하셨는지, 불교의 가르침이 뭔지 아는 사람?"

침묵이 길게 흐릅니다. 저는 아이들을 지켜봅니다. 그 침묵이 무거웠는지 한 아이가 씩씩하게 거수경례를 한 후 이야기합니다.

"남에게 잘해주는 겁니다!"

"옳은 말이지만 땡! 적진 깊숙이 들어온 표현이야."

"종교가 무어라고 생각하니? 누가 대답할래?"

또 다시 소 껍질 같은 질긴 침묵이 흐릅니다.

"그럼 교회에도 가고 법당에도 오고 하는 사람? 아무도 없습니까? 아니, 너희들 먹을 거 잔뜩 주는 교회 안 가? 너희들 미친 거 아니니? 그 좋은 교회를 안 가고 말이야."

웃음 많은 아이들이 키득거립니다.

"자! 자네들은 대개 부모님들보다 교육수준도 높고 스님보다 더 많이 알고, 현재 대학생들이 대부분이야. 알고 있지만 대답을 안 한 것은, 단지 군대란 집단에서 무기력해졌거나 모난 돌이 정 맞는다고 생각해서 침묵하는 거라고 스님은 생각한다. 어찌 젊은 청춘의 시기에 종교, 철학, 인생을 깊이 생각 안 할 수 있겠나? 그런데 스님의 우려대로 종교, 철학을 기반으로 인생을 생각 안 하고 산다면 자네들의 삶은 우물 안 개구리란 말이지. 그런 좁아터진 마인드를 가지고 장차 어떻게 사회생활을 하고 가정을 꾸리고 자식을 교육할 거야?

오늘 스님이 부처님 가르침의 핵심을 알려줄 터이니, 이해가 안 되어도 그런 것이 있었다고 기억해주길 바란다.

제악막작諸惡莫作 중선봉행衆善奉行 자정기의自淨其意 시제불교是諸佛敎. 이 열여섯 글자가 불교의 핵심으로 칠불통게七佛通偈라고 하는데, 그 뜻은 참으로 단순하다. '죄 짓지 말고 착하게 살아라.' 이것이 불교의 가르침이다.

여러분! 참으로 쉽지 않은가? 그러나 이것은 불교만의 가르침이 아니고 사실 모든 종교의 가르침이고 진리이다. 왜냐하면 악한 행위를 하는 사람을 세상 그 어떤 사람들도 결코 좋아하지 않기 때문이고, 악한 사람은 절대로 행복할 수 없기 때문이야. 인간은 누구나 고통은 피하고 행복하려고 사는 것이지. 그러니 여러분은 착하게 살아야 행복해진다는 것만 기억해 주길 바란다. 법문 끝!"

장병 아이들이 맛있게 먹는 모습을 보고만 있어도 그저 배불러지는 하루다. 간식타임에 내 폰에 저장되어 있는 음악을 들어주었더니 아이들이 환호를 한다. 아뿔싸! 근데 다들 흘러간 명상음악이다. 장병 아이들의 환호는 접대성 멘트다.

다음엔 최신식 가요를 꼭 준비해야겠다. 하하하.

모든 인연이 선업으로 열매 맺기를…

∽

아무도 가지 않는 아침 마차산을 걸으면서
문득 보이는
이름 모를 열매들을 오래오래 바라봅니다.

꽃피는 봄 3월부터
두근거리는 마음으로
수없이 지나가는 비바람과 태풍
뜨거운 태양에도 흔들림 없이
정진하고 정진하며 안으로 집중했던
숭고함이 때가 되어 익었구나.

고개 한번 들어보니 가을이 가고 있고
이별이 바로 코앞에 있을 줄이야.

따지고 보면 이 세상 모든 꽃과 나무들
이름 없는 풀들조차도 반드시 남기고 가는 그것

마치 선사들이 남기고 가는 사리와 무엇이 다르리.

자연처럼 늘 스스로 인욕하며
자연처럼 늘 스스로 힘써 정진하고
자연처럼 늘 그러함으로
깨달을 때까지 항상 지혜롭겠습니다.

솔향기 그윽한 마차산 우리절 무심정사에서
광명 합장합니다.

광명 스님

동두천 마차산 무심정사에 머물고 있다.
마차산이 그림처럼 보이는 법당 미소방에서
무심정사를 찾아오는 이들에게
차 한잔과 따뜻한 위로를 건네며 지낸다.
더불어
군부대가 많은 지역 특성상 군포교에 관심을 갖고,
이웃과 더불어 사는 것을 수행으로 여기며 살고 있다.

오늘 하루, 어떠셨나요?

초판 1쇄 인쇄 2017년 11월 27일 | 초판 1쇄 발행 2017년 12월 4일
지은이 광명 스님 | 펴낸이 김시열
펴낸곳 도서출판 운주사

(02832) 서울시 성북구 동소문로 67-1 성심빌딩 3층

전화 (02) 926-8361 | 팩스 0505-115-8361

ISBN 978-89-5746-501-1 03810   값 14,000원

http://cafe.daum.net/unjubooks 〈다음카페: 도서출판 운주사〉